Tilman Spreckelsen

Das Nordsee kind

Theodor Storm ermittelt

Historischer Kriminalroman

atb aufbau taschenbuch

Die Karte auf Seite 6/7 entnahmen wir dem Band
»Theodor Gliemanns amtskort over hertugdømmet
Slesvig/Die schleswigschen Amtskarten des Theodor Gliemann«.
Historisk Samfund for Sønderjylland, Aabenraa 2008.

FSC
www.fsc.org
MIX
Papier | Fördert
gute Waldnutzung
FSC® C083411

ISBN 978-3-7466-4010-5

Aufbau Taschenbuch ist eine Marke der
Aufbau Verlage GmbH & Co. KG

1. Auflage 2023

Umschlaggestaltung www.buerosued.de, München
unter Verwendung eines Motivs von © ullstein bild – ullstein bild
Satz LVD GmbH, Berlin
Druck und Binden CPI books GmbH, Leck, Germany
Printed in Germany

www.aufbau-verlage.de

Personen

Hartmut Brinkmann, Amtshaussekretär im Schloss vor Husum
Simon Brodersen, Diener in Friedrichstadt
Johann Friedrich Dircksen, Pfarrer in Westerhever
Constanze Esmarch, Verlobte Storms, zu Besuch in Husum
Friedrich Feddersen, Propst von Eiderstedt in Garding
Hannibal Hitscher, Stadtphysicus in Husum
Jan Jacob Jens, Bauer bei Garding
Reinhard von Kaup, Bürgermeister von Husum
Hans von Krogh, Amtmann des dänischen Königs in Husum, Oberstaller von Eiderstedt
Hinrich Lehmann, Kellner in Rendsburg
Enna Lorenzen, Köchin in Rendsburg
Anna Lena van Ovens, Erbin in Friedrichstadt
Katharina van Ovens, Witwe in Friedrichstadt
Peter Söt, Theodor Storms Schreiber in Husum
Johann Casimir Storm, Rechtsanwalt in Husum
Theodor Storm, Rechtsanwalt in Husum
Wieb und Marten Wolf, Wirtschafter auf dem Staatshof bei Koldenbüttel

SCHLESWIG
Töndern
Amt
Tingleff
II Ang
Bau
Amt
Flensburg
Flens
N.Hackstedt
Gr.Weihe
Wanderup
Joldelund
Eggebek
Hillighek
Treya
Hollingstedt
Husum
Schwabstedt
Friederichstadt
Bergenhusen
Norderstapel
Süderstapel
Drage
Erfde
Bargen
Delwe
Lunden
Schlichting
Hemme
Henstedt
Norder
Neuenkirchen
Weddingstedt
Tellingstedt
Woslingburgen
Dith
marschen
Heide
NHattstedt
Lexfelr
Thielen
Mildstedt
Ostenfeld
Schwesing
Hattstedt
Oldenup
Amt
Viöl
Bredstedt
Borlum
Breklund
Drelsdorf
Langenhorn
Bargum
Staleand
Enge
Soholmer Aue
Leckaue
Lindholm
Leck
Risum
Wallsbull
Medelbye
Ladelund
Karlum
Braderup
Klixbüll
S.Lägum
Humtrup
Hostrup
Bülderup
Burkal
Tönder
Uberg
Seth
Grönaa
Süderaa
Aventoft
Mögeltondern
Schackenborg
Daler
Klanxbüll
Rodenäs
Nykirk
Horsbüll
Emmelsbüll
Niebüll
Deetzbüll
Galmsbüll
Dagebüll
Fahretoft
Ockholm
Oland
Langeness
Habel
Gröde
Beenshallig
Hamburger Hallig
Nordstrandisch Moor
ΦHR
Wick
Alte Kirche
Neu Kirche
PELWORM
Odenbüll
Theresia
Pohns Hallig
Schobüll
NORD STRAND
Hever Strom
Südfall
Simonsberg
Süderoog
Uelvesbüll
Westerhever
Norder Hövet
Witzwort
Koldenbüttel
Oldenswort
Tetenbüll
Poppenbüll
Tating
Garding
Tönningen
Katharinenheerd
Kotzenbüll
Eyderstedt
St Peter
Welt
Katinge
Süderhövet
Vollerwick
Eyder Strom
St Annen
Schleswig Koog
Mögger Koog
Wöhrden
Treen Fl
Wohlde
Jerrisbek
Tort
Handewith
Ollum

Hardeshoy
Ulderup
Satrup
Atzbüll
Reventlau
Nybel
Düppel
Eckensund
Augustenburg
ALSEN
Augustenburg
Tandslet
Hörup
Lysabbel
Sönderburg
Kekenis
Igen
Nottmark
Ketting
Holdnes
Broacker
Brunsnes
Glücksburg
Borris
Dreyøe
Söbye
Ourchova
Tranderup
ERÖE
Munkbrarup
Nyekirke
Husbye
Grundtoft
Gr. Quern
Steenberg
Birknakke
Quisnes
Gelting
Sterup
Esgrus
Rundhof
Sörup
Satrup
ANGELN
Töstrup
N Brarup
Cappeln
Stienunde
Tumbye
Böel
Babenkirken
Olpenis
Loitmark
S Brarup
Dollroth
Arnis
Schwans
Boren
Loit
Amt
Tolk
Taarstedt
Ulnitz
Gareby
Bienebek
Sieseby
Damp
Schwansen
Stabbe
Maasleben
Kahlebye
Rieseby
Saxtorf
Kl. Waabs
Missunde
Ornum
Rogen
Ludwigsburg
Haddeby
Kosel
Hemmelmark
Louisenlund
Borby
Eckernförde
Dänisch Nienhof
Krusendorf
Hütten
Windeby
Aschau
Noer
Bulk
Amt
Dänisch Wohlden
Borghorst
Kattenhof
Dänisch Wohlde
Altenhof
District
Gettorf
Seekamp
Limlau
Friederichsort
Knoop
Holtenau
Schönberg
PROBSTEY
Sehestedt
Gr Königsförde
Schinkel
Cronshagen
Schönkirchen
Rendsburg
Bovenau
Quarnbeck
Düsternbrook
1814
Flemhude
Kiel
Kl. Nordsee
District Kiel
Dorfgarten
Crönsburg
Bossee
Marutendorf
Viehburg
Westensee
Amt Kiel
Rastorf
Lammershagen
Deutsch Nienhof
Wittenberg
Schirensee
Gr Flintbek
Kirchbarkau
Preetz
Schönweide
Amt
Nortorf
Brügge
Bothkamp
Rendsburg
Wittensee
1813
1715

Unfassbar eng dieses Gemäuer, völlig überfüllt, ein Alptraum. Immerhin waren die Mädchen nachts nicht mehr gefesselt. Wozu auch? Sie alle hatten hier zu viel erlebt, um noch irgendetwas zu riskieren. Jetzt lagen sie auf dem Stroh und zitterten bei dem Gedanken aufzufallen.

Die Nacht war stockfinster, kein Stern am Himmel. Auch der Mond nicht, das hatte der Priester daheim im Dorf vorausberechnet. Aber die dichte Wolkendecke war ein Geschenk. Leise aufstehen, damit niemand etwas merkt, sie war hier nicht allein. Natürlich nicht.

Draußen konnte sich niemand vorstellen, was es hieß, hier in der Burg zu sein. Aber alle wussten draußen, dass es so nicht weitergehen konnte; mit den brennenden und beraubten Kirchen, dem weggetriebenen Vieh, den Mädchen, die in die Burg geschleppt wurden und nie wieder zum Vorschein kamen. Wie Hanna, ihre Schwester.

Also sammelte Ove Hering Männer um sich. Genug, um die Räuber aus dem Land zu jagen, wo immer man sie traf. Aber nicht genug, um die befestigte Burg einzunehmen.

Sie hatte sich freiwillig gemeldet. Sie ging zu Ove Hering damit. Ob sie sich das gut überlegt hätte, fragte er. Dann stimmte er zu. Erleichtert, wie es schien.

Ihre Mutter hatte stundenlang geweint. Und geschrien, als das Mädchen zum Strand gegangen war, dass sie schon eine Tochter verloren hätte und die zweite behalten wollte! Sie war ihr hinterhergelaufen, hatte an ihrem Arm gezerrt und ihr alles Mögliche prophezeit. Was dann gekommen war, überstieg jede Prophezeiung.

Hatten sich die Männer nicht über ihren Leichtsinn gewundert? War sie nicht über den Strand gelaufen, als hätte sich hier auf der Insel nicht das Schlimmste festgesetzt, was das Meer je gebracht hatte?

Jetzt war sie hier, in diesem Verschlag. Hinter ihr die kalten Steine, vor ihr die Holzwand zum Gang, der auf die Mauerkrone führte und weiter zum Tor. Eingenäht im Saum ihres Kittels die schmale, scharfe Klinge. Es würde Wachen geben, und sie würde schnell an ihnen vorbeikommen müssen, solange es noch dunkel war.

Zu Hause hatte sie dafür geübt, stundenlang, ihre einzige Vorbereitung auf das hier. Es tat ihr leid um die Schweine daheim im Koben, die dabei ihr Leben lassen mussten, aber es ging nicht anders. Auf dem Hof ihres Vaters würden sie noch tagelang Wurst machen müssen. Und sie wusste jetzt, wie man eine Kehle schnell und geräuschlos aufschlitzt.

Eins

»Ich kann nur einzelnes sagen; nur was geschehen, nicht wie es geschehen ist; ich weiß nicht, wie es zu Ende ging und ob es eine Tat war oder nur ein Ereignis, wodurch das Ende herbeigeführt wurde. Aber wie es die Erinnerung mir tropfenweise hergibt, so will ich es erzählen.«

Theodor Storm, »Auf dem Staatshof«

»Du kommst jetzt mit, habe ich gesagt.«

»Du hast mir gar nichts zu sagen.«

Der Morgen war hell und der Himmel über Husum klar und weit. Die Luft war mild, über der Marienkirche krächzten die Dohlen beinahe zärtlich, als wollten auch sie den Frühling begrüßen, und in den Gärten blühten Krokusse und Tulpen.

Die Stimmen hörte ich schon von Weitem – und nicht nur ich. Als ich von der Hohlen Gasse in die Großstraße einbog, konnte ich das lauthals streitende Paar auch sehen. Sie standen vor Werners Weinstube, neugierig angestarrt von den Husumern, die vorbeiliefen oder stehen blieben.

Der Mann trug einen schäbigen blauen Umhang, darunter eine verblichene Lederhose, die einmal gelb gewesen war. Es sah aus, als hätte er seine Kleidung von einem vornehmen

Herrn geschenkt bekommen, als sie schon lange aus der Mode gekommen war, und trug sie nun, um selbst vornehm zu wirken. Die Frau, deutlich jünger als ihr Begleiter, hatte ein einfaches Kleid an, das ihr zu eng war. Sie war klein und stämmig und stieß dem Mann immer wieder mit der flachen Hand vor die Brust.

Dass ihrem Streit so viele zusahen, schien sie nicht zu bemerken. Die Husumer gingen neugierig, ärgerlich oder peinlich berührt vorüber, manche blieben auch stehen, um zu verfolgen, was das laute Paar noch anstellen würde. Ich sah den Schreiber Clausen, der seit Ewigkeiten für den alten Advocaten Johann Casimir Storm arbeitete, wie er die beiden entsetzt anstarrte und schnell hinter der Marienkirche verschwand, während Jens Overbeck, der in der Krämergasse im Geschäft von Ingwer Woldsen Gewürze und Liköre aus weiter Ferne verkaufte, so tat, als interessiere ihn das Spektakel nicht weiter, und dabei nur umso genauer hinschaute.

»Ich mein' doch nur«, sagte der Mann jetzt etwas leiser.

»Du hast hier auch nichts zu meinen.«

Inzwischen war ich dem zänkischen Paar näher gekommen. Das Geschrei interessierte mich nicht, ich wollte so schnell wie möglich zu Theodor Storms Kanzlei, wo ich als Schreiber angestellt war.

»Aber wir sind extra hierhergereist …«, fing der Mann wieder an.

»Was?«, schrie die Frau plötzlich und drehte sich zu Griet um, der Magd von Fischhändler Quedens, die hinter ihr stehen geblieben war, um den Streit besser zu verfolgen. Die

Frau starrte Griet wütend an, und die murmelte etwas Unverständliches und ging rasch weiter. Die Frau wandte sich wieder ihrem Gefährten zu.

»Dass ich dich mitgenommen habe, heißt nicht, dass du mir was vorschreiben kannst.«

»Natürlich nicht, Enna.« Er verstummte und sah wie ein geprügelter Hund an ihr vorbei.

Sein Blick blieb an mir hängen.

»Können Sie uns vielleicht sagen, wo wir den Herrn Advocaten Storm finden?«, fragte er unvermittelt.

Enna schnaubte wütend.

»Welchen?«, fragte ich. »Den alten oder den jungen?«

Der Mann wirkte ratlos. »Vielleicht den alten Storm?«

»Warten Sie«, sagte ich, erleichtert darüber, dass Theodor Storm und damit auch ich von diesem anstrengenden Paar verschont bleiben würden, »seinen Schreiber habe ich eben gesehen, der kann Sie gleich mit ins Kontor von Johann Casimir Storm nehmen.« Ich sah mich rasch nach Clausen um, aber der tauchte nicht mehr auf. Ich wollte dem Mann gerade den Weg beschreiben, da sagte Enna finster: »Den jungen.«

»Der alte Herr Rechtsanwalt hat sicher die größere Erfahrung, nicht wahr?«, sagte Ennas Begleiter beflissen, an mich gewandt. Dass das keine gute Idee war, konnte ich mir selbst nach so kurzer Bekanntschaft mit Enna denken.

»Den jungen!«, sagte sie noch einmal. Mit Nachdruck.

Der Mann im blauen Mantel seufzte.

»Also?«

»Kommen Sie mit mir«, sagte ich, »aber ich weiß nicht, ob der Herr Advocat Zeit für Sie hat.«

Enna lächelte grimmig, als ob diese Frage für sie längst entschieden war.

Theodor Storm hatte vor knapp zwei Jahren, im Frühjahr 1843, in seiner Heimatstadt Husum eine eigene Rechtsanwaltskanzlei eröffnet, nachdem er vorher ein halbes Jahr für seinen Vater gearbeitet hatte. Es hieß, dass der alte Johann Casimir Storm, der alle und jeden in Husum kannte, seinen Sohn noch immer großzügig unterstützte.

Theodor Storm hatte mich als Schreiber eingestellt und behalten, obwohl ich als Wildfremder in die Stadt gekommen war und ihm dann bald Gründe genug geliefert hatte, mich zu entlassen. Vielleicht schätzte er mich für das, was wir in den beiden Jahren zusammen durchgemacht hatten. Oder es war ihm einfach zu mühselig, sich einen neuen Schreiber zu suchen. Wahrscheinlich beides. Und da er noch immer wenig Klienten hatte, schon gar nicht solche, die ihn anständig bezahlten, war es sowieso ungewiss, wie lange er sich noch einen eigenen Schreiber leisten würde.

Ich spürte die Blicke der Husumer in unseren Rücken, als wir die Großstraße überquerten. Die Geschichte würde in kürzester Zeit die Runde machen – zwei Fremde ohne einen Funken Anstand und Benehmen, die unter allen Husumern natürlich wieder ausgerechnet beim jungen Storm landeten. Aber der war dafür ja anfällig, siehe auch seinen dubiosen Schreiber, also mich. So in etwa.

Gegenüber von Werners Weinstube, die Storm eifrig besuchte, um dort mit Freunden Karten zu spielen, hatte er beim Versicherungsmakler Schmidt zwei Zimmer gemietet. Im einen wohnte er, im anderen befand sich die Kanzlei. Das Haus war alt, vor zweihundert Jahren schon hatte hier der Bürgermeister Dankwerth gelebt, der Chronist der Gegend im siebzehnten Jahrhundert. Jetzt war das Haus unübersehbar in die Jahre gekommen, nachts knarrte und knackte das trockene Holz, als ob der frühere Bewohner nach dem Rechten sehen wollte, in seinen Räumen und in der ganzen Stadt. Flüchtig fragte ich mich, in welchem Zustand ich heute früh das Arbeitszimmer antreffen würde. Und Storm, der vielleicht gerade nicht mit Klienten rechnete.

Vor dem Haus hatte Storm Rosen unter den Fenstern gepflanzt. Enna und ihr Begleiter hatten keine Augen für die Knospen, so angespannt wie sie waren. Auch den zierlichen Giebel von Werners Weinstube hatten sie in ihrem Streit wohl nicht einmal bemerkt.

Ich zog den Glockenstrang im Eingang, um uns anzukündigen. Dann ging ich durch den schmalen Gang, klopfte laut an die seitliche Tür zum Kontor, wartete etwas und öffnete.

Storm saß auf dem Sofa, sehr dicht neben ihm Constanze Esmarch, seine Cousine aus Segeberg und seit etwas über einem Jahr auch seine Verlobte. Sie nestelte an dem Tuch, das sie vor der Brust trug. Fast schien es mir, als ob sie rot geworden wäre. Vor einem knappen Jahr war sie zu einem ausgedehnten Besuch nach Husum gekommen und wohnte bei Storms Eltern in dem großen alten Haus in der Hohlen Gasse. Mit Theodor allein sein konnte sie dort kaum.

»Peter Söt! Wenn man vom Teufel spricht«, sagte Storm. Immerhin schien er mir die Störung nicht übelzunehmen.

»Theodor hat mir gerade von Ihrer Reise im letzten Herbst nach Köthen erzählt, Herr Söt«, sagte Constanze. »Tatsächlich mit der Eisenbahn! Ich gäbe wer weiß was drum, auch mal damit zu fahren. Stimmt es, dass einem schwindlig wird, wenn man unterwegs aus dem Fenster sieht?«

»Nur während der Fahrt, Constanze, auf dem Bahnhof geht es noch so gerade«, sagte Theodor.

Sie lächelte nachsichtig. Inzwischen kannte ich sie seit über einem Jahr und glaubte, dass sie sich von ihrem Verlobten weder von etwas abhalten noch etwas verbieten lassen würde, wenn sie es sich in den Kopf gesetzt hatte.

Um Storms Beine strich der alte Angorakater seines Vermieters. Als Storm hier eingezogen war, hatte sich auch der Kater in Kontor und Wohnstube eingerichtet. Storm verwöhnte ihn, und der Kater suchte seine Nähe. Von Constanze ließ er sich nicht streicheln, er schien eifersüchtig auf sie zu sein.

»Sie sind der Advocat Storm?« Enna war entschlossen in die Stube getreten und schaute mit finsteren Blicken auf die Berge von Papieren, Mappen und Büchern auf dem Boden und den Regalen im Kontor. Mein Schreibpult in der Ecke neben der Tür war noch einigermaßen frei davon, worum ich ständig mit Storm kämpfen musste.

»Ja«, sagte Storm, der die beiden erst jetzt richtig wahrzunehmen schien. »Mit wem habe ich …«

»Enna Lorenzen. Und das ist Hinrich Lehmann, mein Begleiter.«

»Begleiter, aha«, sagte Storm.

»Wir sind zu Ihnen …«

»Von woher?«

»Bitte?«

»Von woher Sie zu mir gekommen sind? Wo sind Sie zu Hause?«

»Genau darum geht es mir ja«, sagte Storms Besucherin. »Hören Sie doch zu!«

Im hellen Sonnenschein, der durch die Fenster drang und die kleinsten Staubteilchen in der Luft hervortreten ließ, sahen die beiden Besucher noch fadenscheiniger aus als zuvor. Storm hatte viel Verständnis für Klienten, die sich eigentlich keinen Anwalt leisten konnten, die auf seine Hilfe zählten, wenn sie sich gegen Unrecht zur Wehr setzen mussten. Nur traten die mittellosen Witwen, die wegen Diebstahl von ein paar dürren Ästen angeklagt wurden, oder die Dienstmädchen, die schwanger und dann sitzengelassen wurden, Storm gegenüber ganz anders auf. Jedenfalls nicht so, als sei er ihr Eigentum, ein Bediensteter, der gehorchen müsse und keine Fragen stellen dürfe.

Dass Storm sich nicht so behandeln lassen würde, sah ich ihm an. Enna wohl auch.

»Wahrscheinlich denken Sie, dass ich Sie nicht bezahlen kann, Herr Advocat. Aber ich bin reich. Ich besitze neunzig Höfe in Eiderstedt. Eigentlich.«

Eine Verrückte. Storm würde wohl ein ernstes Wort mit mir reden, gleich nachdem er die beiden im hohen Bogen aus dem Kontor geworfen haben würde.

»Neunzig Höfe?« Storm hob die Augenbrauen. Er schien eher amüsiert als zornig. Aber Constanze hing ernsthaft an Ennas Lippen.

Die Frau stockte. Dann setzte sie wieder an.

»Man hat sie mir gestohlen. Vor langer Zeit. Und Sie sollen mir helfen, sie zurückzubekommen.«

Zwei

»Ich drückte mich neben ihm in die andere Ecke, aber er begann noch nicht. ›Ich weiß nicht recht‹, sagte er, sich mit der Hand über die Stirn fahrend, ›wo ich mein schweres Bekenntnis ansetzen soll, nicht recht, wie früh das Leid begonnen hat.‹«

Theodor Storm, »Ein Bekenntnis«

»Also glaubst du ihr, Theodor?«

Enna Lorenzen und Hinrich Lehmann hatten Storms Kanzlei mittags wieder verlassen. Lehmann sagte, sie seien jetzt in ihrem Quartier – ein Schubser von Enna, und er verschluckte die genaue Adresse, wie es schien – und würden am Nachmittag noch einmal vorsprechen. Bis dahin hofften sie auf einen günstigen Bescheid des Herrn Advocaten. Dann hatte er seine finstere Begleiterin durch die Tür gezogen. Dass ich heute früh keine Akten kopieren würde und auch keine Notenblätter für den Chor, den Storm leitete und der ihm oft mehr Freude bereitete als sein eigentlicher Beruf, war mir nach Ennas Besuch klar. Und auch, dass Constanze sich nicht von der Sache fernhalten lassen würde.

»Ich glaube erstmal gar nichts, Constanze.«

»Und dieser schreckliche Mord – kannst du dich daran erinnern?«

»Ich war damals selbst noch ein Kind, natürlich hat es mich beschäftigt, aber die Einzelheiten hat man damals vor mir verborgen. Mein Vater müsste sie allerdings kennen. Wenn es sich wirklich so zugetragen hat, wie Enna sagt.«

Constanze und ich hatten nie davon gehört.

Ennas Geschichte ging so: Sie war in Kiel aufgewachsen, als Tochter eines Schumachers und seiner Frau, die aus Itzehoe dorthin gezogen waren, als Enna vielleicht zwei Jahre alt war. So hatten es die beiden ihr immer erzählt. Sie wurde älter und lernte das Kochen im Rendsburger Gasthof »Zur Krone«. Von dort kannte sie auch ihren Begleiter Lehmann. Ihr Vater starb früh, ihre Mutter kränkelte, und als es ernst um sie stand, ließ sie ihre Tochter zu sich nach Kiel rufen. Sie enthüllte ihr, dass sie nicht das leibliche Kind des Ehepaares sei. Eines Abends hätte vor der Schuhmacherwerkstatt des Vaters in Itzehoe ein Korb mit einem schlafenden Kleinkind gestanden. Darin zwischen den Kissen fünf Goldmünzen und ein Brief. Sie sollten sich um das Mädchen kümmern, hieß es in dem Schreiben. Dafür würden sie jedes Jahr dieselbe Summe bekommen. Solange es dem Kind gut ging.

Storm hatte für Enna und Lehmann zwei Stühle freigeräumt, er saß weiter zurückgelehnt auf dem Sofa, die Arme vor der Brust verschränkt, und hörte sich alles an, ein Lächeln auf den Lippen.

Jetzt unterbrach er sie.

»Haben Sie das Geld – diese Goldstücke – je gesehen?«

»Nein«, sagte sie.

»Wie schade!«

»Geld war bei uns immer knapp. Und wenn mein Vater mal was bekommen hat, dann hat er es eher zum Krugwirt getragen, als es für Mutter und mich auszugeben.«

Storm nickte ihr zu, und sie erzählte weiter.

»Ich habe dann meine Mutter gefragt, wer meine richtigen Eltern sind.«

»Und?« Constanze sog ersichtlich jedes Wort dieser Geschichte in sich auf, während Storm sich dazu zwang, ein ernstes Gesicht zu machen. Was offenbar auch Enna auffiel, die sich nun ganz an Constanze wandte.

»Sie konnte es mir nicht sagen.«

»Ein Jammer«, sagte Storm fröhlich, und »Theodor!«, sagte Constanze.

»Ja, finde ich auch«, sagte Enna missmutig. »Aber immerhin stand in dem Brief noch mein richtiger Name: Elisabeth van Ovens.«

»Große Familie hier in der Gegend«, sagte Storm. »Und reich. Mein Vater … Bitte sprechen Sie weiter.«

Enna sah ihn misstrauisch an.

»Meine Mutter starb kurz darauf. Ich hab das dann alles ihm hier erzählt« – sie zeigte auf Lehmann, der zusammengesunken in seinem Stuhl gesessen hatte und sich nun ruckartig aufrichtete – »und er hat sich umgehört. Da war diese Geschichte mit Leonard van Ovens, der hier in der Nähe lebte. In Eiderstedt.«

»Leider kenne ich ihn nicht«, sagte Storm.

»Ist egal«, sagte Enna. »Der kam eines Tages nach Hause auf seinen schönen Hof – den Staatshof bei Koldenbüttel –

und fand alles wie ausgestorben. Knechte und Mägde auf dem Feld, seine Mutter war an dem Tag zu Besuch irgendwo ...«

»Friedrichstadt«, warf Lehmann ein. Enna bedachte ihn mit einem strengen Blick. Das war ihr Auftritt, er sollte sich raushalten.

»Ja, Friedrichstadt. Und in der guten Stube lag seine Frau in ihrem Blut.«

»O Gott«, sagte Constanze.

»Ich habe von der Sache gehört, glaube ich«, sagte Storm.

»Ermordet«, sagte Enna finster. »Aber da war noch was.«

Auch Storm hörte jetzt aufmerksam zu.

»Die Ovens hatten ein kleines Kind. Als der Mann sah, dass seiner Frau nicht mehr zu helfen war, suchte er seine Tochter im ganzen Haus. Sie war verschwunden.«

»Die Kleine hieß Elisabeth, nehme ich an?«, fragte Storm Enna etwas zu freundlich.

»Sie glauben mir nicht, stimmt's?«

»Ich frage nur. Sie war ungefähr in Ihrem Alter und ist nie wieder aufgetaucht, ja?«

»Warum glauben Sie mir nicht?«, sagte Enna zu Storm. Und zu Constanze: »Glauben Sie mir denn?«

Bevor seine Verlobte antworten konnte, fragte Storm: »Was war das vorhin eigentlich mit den neunzig Höfen?«

Enna schnaubte, noch immer zornig, und Hinrich Lehmann nahm, wie es schien, all seinen Mut zusammen: »Wenn ich nach der Familie van Ovens gefragt habe, erzählten mir die Leute immer etwas von ungeheurem Reichtum. Neunzig Höfe in ganz Friesland hätten die, und früher einmal hätten sie sich vorgenommen, die Hundert vollzumachen. Es ist dann aber anders gekommen.«

Wir brauchten eine Moment, um das zu verdauen.

In der Stille hörten wir das Maunzen des Katers, der sich nicht genug beachtet fühlte. Hinrich lockte ihn zu sich und kraulte ihm den Kopf. Der Kater schnurrte zufrieden.

»Schön«, sagte Storm dann, »also nur neunzig Höfe. Und was wollen Sie jetzt tun?«

»Ich will mein Recht«, sagte Enna. »Was mir zusteht. Neunzig Höfe oder achtzig oder von mir aus zehn. Egal.«

»Verzeihen Sie die Frage«, sagte Storm: »Was macht sie eigentlich so sicher, dass Enna Lorenzen die verschwundene Elisabeth van Ovens ist? Können Sie sich an irgendetwas aus Ihrer Eiderstedter Kindheit erinnern? Hat jemand Sie als Elisabeth erkannt? Ihr Vater vielleicht? Der müsste doch eigentlich überglücklich sein, seine Tochter wieder in die Arme zu schließen.«

Enna presste die Lippen aufeinander und schwieg.

Hinrich räusperte sich.

»Leonard van Ovens ist schon seit neunzehn Jahren tot. Er hat sich bald nach dem Verlust seiner Frau und seiner Tochter erhängt. Im Dachstuhl.«

»Das tut mir leid«, sagte Storm.

»Vielleicht können Sie das verstehen«, fuhr Hinrich mit ruhiger Stimme fort, »falls Sie selbst Kinder haben.« Er schaute uns fragend an.

Ich nickte unwillkürlich.

»Ich nicht«, sagte Storm, »und ich weiß auch nicht, was das

hier soll. Jedenfalls macht der Tod des Vaters Ihre Sache nicht einfacher. Dieser Brief aus dem Körbchen, in dem das Kind« – Enna fuhr auf – »Verzeihung: in dem Sie gefunden wurden – was ist mit dem?«

Storms Besucherin schüttelte den Kopf. Dann zog sie einen kleinen Stoffbeutel hervor, öffnete ihn, griff hinein und legte wortlos etwas auf den Tisch. Dabei verrutschte der rechte Ärmel des Kleids. Das Stück Haut, das wir kurz sahen, schien seltsam fleckig zu sein. Hastig zog Enna den Ärmel zurück.

»Darf ich?«, fragte Storm. Als kein Widerspruch kam, griff er nach dem kleinen silbernen Anhänger, hielt ihn dicht vor sein Auge und legte ihn nach einer Weile wieder zurück.

»Interessant«, sagte er. »Woher stammt das?«

Eine ovale Silberscheibe mit einem Relief, das eine Kriegerin in voller Rüstung mit langen wehenden Haaren zeigte. Sie stand auf einer Art Zugbrücke und hielt ein Schwert in die Luft.

»War im Körbchen, sagt meine Mutter. Sehen Sie sich mal die Rückseite an.«

Storm nahm den Anhänger zum zweiten Mal in die Hand und drehte ihn um. »E. v. O.«, las er vor. »Ich verstehe.«

In die Stille, die folgte, drang das Mittagsläuten der Marienkirche. Die Luft war stickig und heiß, ich wünschte, ich hätte ein Fenster aufmachen können, aber nach einem peinlichen Vorfall während eines vertraulichen Gespräches mit einem Klienten, der sich gegen eine Vaterschaftsklage wehrte, hatte

Storm ein für alle Mal angeordnet, dass das Fenster unter keinen Umständen geöffnet werden durfte, wenn Mandanten im Kontor waren.

Dann waren die beiden gegangen. Wir hörten das kräftige Stampfen auf den alten Dielen, von dem ich annahm, dass es Enna war, und das leise Klappern von Lehmanns altmodischen Stiefeln.

»Du hast sie nicht gerade ermutigt, Theodor«, sagte Constanze, als wir sicher waren, dass Enna und ihr Begleiter uns nicht mehr hören konnten. »Wolltest du ihr nicht helfen, oder ist die Sache einfach zu verfahren?«

»Ach, Constanze!«, sagte Storm. »Das klingt doch alles wie ein melodramatischer Roman aus der Leihbücherei unserer Freundin Doris Stamp: ein vor der Haustür abgelegtes Kind, die jährlichen Goldstücke, ein Brief ohne Absender, ein geheimnisvolles Medaillon, ein reiches Erbe in Aussicht – ich bitte dich!«

»Hat sie das alles erfunden?«, fragte Constanze. »Oder hat ihr ihre Mutter einen Bären aufgebunden? Auf dem Sterbebett?«

»Das wohl nicht«, sagte Storm. »Aber wie auch immer: Der Fall ist völlig aussichtslos. Mit dem bisschen, was Enna in der Hand hat, wird sie niemand als die verschwundene Elisabeth anerkennen.«

»Das Medaillon?«

»Das sie Gott weiß woher haben könnte? Und das so passenderweise mit E. v. O. bezeichnet ist?«

»Du kannst der Sache doch mal nachgehen«, sagte Constanze, »egal, was am Ende dabei rauskommt. Oder hast du Angst um dein Honorar?«

»Da habe ich allerdings keine großen Hoffnungen«, sagte Storm.

»Oder hast du keine Zeit? Hast du gerade so viel andere Klienten?«

Constanze konnte manchmal ein bisschen gemein sein, und Storm überging ihre Frage.

Sie ließ nicht locker.

»Wenn dieser Leonard van Ovens tot ist, wem gehören die neunzig Höfe« – Storm schaute sie belustigt an – »diese Höfe, wie viel auch immer, dann jetzt?«

»Es gibt hier in der Gegend eigentlich nur noch eine alte Frau van Ovens, Katharina, soweit ich weiß, mit einer Enkelin: Anna Lena, siebzehn, blond, ein bisschen still, hast du sie schon kennengelernt? Bei einer Gesellschaft oder einem Ball hier in Husum?«

»Nein.«

»Katharina van Ovens lebt mit Anna Lena in Friedrichstadt, weil es ihnen auf dem Land inzwischen zu beschwerlich ist. Wie viel Vermögen da ist, weiß ich nicht. Aber mein Vater müsste einen Überblick haben. Soviel ich weiß, berät er die alte Ovens in allen geschäftlichen Angelegenheiten.«

»Diese Anna Lena auch?«, fragte Constanze.

»Noch nicht, glaube ich. Sie wird einmal alles erben, heißt es, als Letzte der van Ovens. Aber sie ist noch zu jung. Wenn die Alte stirbt, bevor Anna Lena volljährig ist …«

Storm brach ab.

»Dann?«

»Dann würde sicherlich mein Vater ihr Vormund. Er müsste sich für sie um den Besitz kümmern.«

»Und du müsstest dich mit ihm anlegen, wenn du Ennas Fall übernimmst.«

Storm seufzte. »Mit ihm und, wie es aussieht, mit halb Eiderstedt. Warum sollte ich die Sache also übernehmen?«

Ich verstand ihn gut. Auf diesen absurden Fall wollte ich mich auch nicht weiter einlassen als unbedingt nötig, er würde zu nichts führen, und so ließ ich sie reden und träumte an meinem Pult vor mich hin.

Vor einem halben Jahr hatten Bottilla, die als Dienstmädchen bei Storms Vermieter Schmidt gearbeitet hatte, und ich geheiratet, kurz vor der Geburt unserer Tochter Marie. Es war am Ende eine komplizierte Schwangerschaft gewesen, Bottilla erholte sich nur langsam davon und war noch immer ganz mit der kleinen Marie beschäftigt. Ihre Schwester Julie war von Mildstedt, dem nächsten Ort, vorübergehend zu uns nach Rödemis vor den Toren Husums gezogen, um zu helfen, und ich versuchte inzwischen, meine Zeit in Storms Kanzlei so kurz wie möglich zu halten. Wenn ich rechtzeitig nach Hause käme, dachte ich gerade, könnte ich abends mit Marie noch einen Ausflug zum Hafen machen.

Constanze lachte. »Warum? Weil du nichts von der Geschichte hältst, aber trotzdem neugierig bist und wissen willst, warum Enna überhaupt in dein Kontor gekommen ist. Ich seh's dir an.«

»Also gut«, sagte Storm und streichelte nachlässig den Kater, der sich dichter an ihn drängte. »Es kann ja nichts schaden, wenn ich meinen Vater mal nach den van Ovens frage. Alles wird er mir nicht erzählen, er liebt ja seine Geheimnisse und auch die seiner Klienten …«

»Wirst du ihm denn etwas von Enna und Lehmann sagen?«

»Nach dem Auftritt vorhin wird er sowieso schon mehr über die beiden wissen, als ich ihm je erzählen würde«, sagte Storm. »Wir sind hier schließlich in Husum, und er ist der Herr Koogschreiber, der große Strippenzieher in Stadt und Umgebung.«

»Und er ist dein Vater, der alles für die Familie tun würde«, sagte Constanze.

»Sicher, das auch.«

Er stand auf.

»Wir gehen am besten gleich. Dann sind wir zurück, wenn Enna und ihr Hinrich Lehmann heute Nachmittag wieder kommen.«

»Brauchen Sie mich dazu, Herr Advocat?«, fragte ich. »Oder gibt es vielleicht hier etwas zu tun?«

Storm zögerte.

»Gib ihm schon frei, Theodor!«

»Wenn Sie nicht neugierig darauf sind, was die beiden sonst noch zu sagen haben, dann kommen Sie morgen zur gewohnten Zeit wieder, Söt. Und grüßen Sie die kleine Marie von mir.«

Für ihn waren Ennas Ansprüche kurios, für mich lästig, aber harmlos schienen sie uns am Ende beiden.

Wir sollten uns gründlich irren.

Drei

»So war er denn der Curator einer Menge von verwitweten Frauen und ledigen Jungfrauen geworden, welche nach der damaligen Gesetzgebung bei allen Rechtsgeschäften noch eines solchen Beistandes bedurften.«

Theodor Storm, »Carsten Curator«

Bottilla war dankbar für etwas Ruhe. Ich wickelte Marie in ihr Tuch, das ich am Körper tragen konnte, und lief mit ihr über die Brücke zum Hafen. Sie war sofort eingeschlafen. An dieser Stelle war das Becken der ewig verschlammten Husumer Au so breit ausgebaut, dass kleinere Schiffe hier landen konnten. Die größeren machten etwa zwei Kilometer weiter an ihrer Mündung fest.

Es war Hochwasser, die Au glänzte silbrig in der Sonne, auf den Wiesen an ihren Ufern saßen die Vögel und pickten zwischen den Gräsern herum. Auf den Weiden des Porrenkoogs nördlich der Au standen die Rinder und fraßen, manchmal brüllte ein Ochse von weit her, und ich schrak zusammen. Marie schlief weiter. Meine Ängstlichkeit hatte sie wohl nicht geerbt, dafür Bottillas Gelassenheit. Wenn sie später auch die Entschiedenheit ihrer Mutter hätte, so dachte ich, würde ich zu Hause nichts zu lachen haben.

Ich wünschte es ihr.

Auf dem Weg begegneten mir zwei Spaziergänger, ein Mann und eine Frau, er trug einen Hut, sie einen Sonnenschirm. Als sie näher herankamen, erkannte ich Hartmut Brinkmann, Storms Freund, der seit einem halben Jahr im Schloss als Sekretär des Verwalters Setzer arbeitete, und bei ihm Laura Setzer, eine der vielen Töchter des Verwalters, bei weitem die hübscheste. Brinkmann, großgewachsen und immer sehr gepflegt, schien sein Glück kaum fassen zu können. Er bemerkte mich kaum. Laura, die lebhaft auf ihn einredete, grüßte mich freundlich und rief mir im Vorübergehen auch einen Gruß an Storm zu.

Am Meer war es fast windstill, die Sonne brannte vom Himmel, ungewöhnlich für einen Märztag. Maries Nase bebte mit jedem Atemzug. Bald würde sie aufwachen, nach Milch verlangen und brüllen, wenn sie keine bekam. Wir mussten zurück.

Auf dem Rückweg fiel mir ein, was meine Mutter mir von meinen ersten Monaten erzählt hatte. Sie war als junge Magd schwanger geworden vom Bauern, bei dem sie arbeitete, und in seiner Kammer bald von einer anderen, noch jüngeren Magd ersetzt worden. Dass sie versucht hatte, das Kind loszuwerden, das da in ihrem Bauch heranwuchs, erzählte sie mir oft, wenn sie betrunken und rührselig war. Als ich dann auf der Welt war, konnte sie sich nicht um mich kümmern. Manchmal übernahmen das andere. Oder sie stopften mir ein Stückchen Tuch in den Mund, das mit Branntwein getränkt war. Einmal, sagte meine Mutter, sei ich fast daran erstickt. Sie habe zugesehen und sich nicht entschließen können einzugreifen, bis eine andere Magd herbeigerannt kam und mir das Tuch aus der Kehle zog. Der Bauer habe dann ein großes Theater deshalb gemacht. Von da an sei es mir auf dem Hof etwas besser ergangen, bis ich aus dem Kleinkindalter heraus war.

Am Nordufer der Au waren Gärten angelegt, so dass ich ein Stück durch die Wasserreihe gehen musste. An ihrer Einmündung zur Hohlen Gasse stieß ich auf den Stadtphysicus Hitscher. Er war breit, fast massig, hatte eine Stirnglatze und trug einen verfilzten roten Bart. Er war Junggeselle und konnte mit Kindern nichts anfangen. Nur manchmal beugte er sich zu ihnen hinunter und sagte kopfschüttelnd Sätze wie »Ach, du ahnst es nicht«. Was er damit meinte, blieb ein Rätsel.

»Ach, der Herr Söt!« Hitschers Stimme trug weit. »Sind Sie auch zum alten Storm bestellt? Es geht ja um Ihren Kollegen, hörte ich.«

»Ich verstehe nicht …« In diesem Moment merkte ich, dass Marie aufgewacht war. Hitscher redete ebenso laut weiter.

»Der alte Clausen. Liegt in den letzten Zügen, der Mann, hat es wohl schon hinter sich. Nun, wir sehen uns.«

Damit lief er an mir vorbei und grüßte noch mit einer Hand, die er über die Schulter hob. Marie greinte, ich sah noch, wie Hitscher auf die kleine Treppe zulief, die zur Eingangstür der Familie Storm in der Hohlen Gasse hinaufführte, dann beruhigte ich Marie notdürftig und schlug den Weg zum Hafen und weiter nach Rödemis ein.

Meine Hände zitterten vor Aufregung, als ich mit einiger Verspätung verstand, was Hitscher mir da gesagt hatte. Ich fragte mich, was Clausen, den ich am Morgen noch ganz gesund gesehen hatte, wenn auch vielleicht verärgert oder erschrocken über Enna und Lehmann, inzwischen passiert sein konnte, dass der Stadtphysicus, Arzt und Aufseher über die Gesundheit der Husumer in einem, herbeigerufen wurde. Ob der alte Storm seinen Sohn benachrichtig hatte? Wahrscheinlich nicht, und wahrscheinlich würde Theodor es erfahren wollen. Ob er in die Hohle Gasse kommen müsste und ob das wichtiger war, als den zweiten Besuch der verrückten Enna entgegenzunehmen, würde er selbst am besten wissen.

Marie schrie lauter. Ich hörte daraus kein Quengeln, eher ihre Verwunderung darüber, dass sie noch immer nichts zu trinken hatte, obwohl sie doch klar auf ihren Hunger hingewiesen hatte. Außerdem stank das Tuch. Beides – das Geschrei und den Geruch – legten die Husumer, an denen ich jetzt eilig vorbeilief, bestimmt mir zur Last, wenn ich ihre Blicke richtig deutete.

Ich kam verschwitzt in unserer kleinen Wohnung im zweiten Hinterhof eines Tischlers an. Der erste Hof grenzte an eine Scheune, in der Holz gelagert wurde, darauf folgte ein kleiner Garten und darauf ein zweites Haus mit zwei Räumen im Erdgeschoss und einem Speicher unterm Spitzdach. Eine Verwandte Bottillas hatte es uns vermittelt, und so lange, wie sie nichts verdiente, hätten wir uns kaum etwas Größeres leisten können.

Julie empfing mich an der Tür. Bottilla sei erschöpft eingeschlafen, sagte sie, und dass sie sich Sorgen um ihre Schwester mache. Bottilla war groß, das Kinn markant, der Mund breit, die Augen unter den dunklen Haaren waren leicht schräg gestellt, während Julie blond, pausbäckig und einen guten Kopf kleiner war. Außer ihr sahen wir wenig von Bottillas Familie. Nach Marics Geburt war Bottilla nicht kräftig genug für einen Besuch bei ihren Eltern in Mildstedt gewesen. Ihre Mutter war einmal gekommen, um ihren Enkel zu sehen. Danach hatte sie beschlossen, dass ihre jüngste Tochter einstweilen zu uns ziehen sollte. Wir hatten zugestimmt, obwohl es die enge Wohnung noch enger machte.

»Julie, ich muss noch mal weg«, sagte ich.

Julie war achtzehn, ich fast zehn Jahre älter, und trotzdem fürchtete ich mich vor ihrem missbilligenden Blick. Sie nahm mir die schreiende Marie ab und trug sie ins Haus. Entweder war Bottilla jetzt wach, oder Julie würde sie wecken.

Ich pumpte im Hof Wasser für uns und stellte es in die Küche, dann spritzte ich mir etwas über den Kopf und ging zurück nach Husum.

Es war Nachmittag. Die Sonne stand schon tief und warf lange Schatten auf den Marktplatz. Er war gepflastert, die meisten Straßen Husums waren es nicht. Die Häuser standen dicht zusammen, Giebel an Giebel, und allmählich, nach zwei Jahren, hatte ich mich in diese verschworene Gemeinschaft gefunden. Nicht als Teil dieser Clique aus Kaufleuten, Senatoren, Landbesitzern und Verwaltungsbeamten, die hier den Ton angab. Aber als Bewohner einer spröden Stadt, die ich inzwischen mit ihren Eigenheiten auf ebenso spröde Weise liebte. Seit Maries Geburt nur umso mehr.

Enna und Lehmann standen vor Storms Kontor in der Großstraße. Ich sah schon von weitem, wie ärgerlich Enna war. Als ich näher gekommen war, rief sie mir zu: »Wo ist Ihr Advocat?«

Ich wartete mit der Antwort, bis ich ganz vor ihnen stand.

»Ich weiß es nicht. Haben Sie denn schon nachgesehen?«

Enna schnaubte verächtlich, und Lehmann sagte, sie hätten sich selbstverständlich bemerkbar gemacht, auch den Vermieter Herrn Schmidt hätten sie dabei kennengelernt, der aber auch nichts über Storms Aufenthalt wisse.

»Vielbeschäftigter Mann, der Advocat, wie? Würde man gar nicht denken bei diesem Saustall ...« Enna merkte wohl, dass sie jetzt zu weit gegangen war, und brach ab.

»Wollen Sie morgen wiederkommen?« Ich hatte keine Lust mehr auf Höflichkeiten, und für Storm würde ich mich auch nicht bei den beiden entschuldigen.

»Hinrich!«

Ennas Begleiter fuhr zusammen.

»Komm mit. Und Sie« – ein ausgestreckter Zeigefinger in meine Richtung – »bestellen Ihrem Advocaten, wir machen das jetzt auf eigene Faust.« Dann ging sie mit festem Schritt auf den Marktplatz zu und in die Norderstraße. Lehmann blickte mich entschuldigend an und folgte ihr.

Ich fragte mich, ob ich auf gut Glück in die Hohle Gasse gehen sollte, um in Storms Elternhaus mehr über den Zustand des Schreibers Clausen zu erfahren, beschloss dann aber, im Kontor auf Storm zu warten. Wahrscheinlich war er schon bei seinem Vater, dann wäre es überflüssig, ihm von meiner Begegnung mit dem Stadtphysicus Hitscher zu erzählen.

Ich öffnete die Tür zum seitlichen Eingang, die in den Gang vor Storms Zimmer führte. Wenn Storm sein Kontor verschloss, was er in letzter Zeit häufiger tat, legte er den Schlüssel unter eine bauchige Vase auf einer Truhe im Flur – kein besonders raffiniertes Versteck, fand ich, aber Storm meinte, genau deshalb sei es ein so gutes, weil niemand damit rechne.

Ich schloss auf. Es war eine seltene Gelegenheit, das Sofa und die Stühle freizuräumen, die verstreuten Blätter in die Aktenmappen zu legen, in die sie gehörten, und die Akten an ihren Platz im Regal. Manchmal musste ich den Kater zur Seite scheuchen, der mich dann anfauchte und mir das Gefühl gab, mich bei ihm entschuldigen zu müssen.

Ich war gerade dabei, einen Platz für die kleine gerahmte Zeichnung von Constanze, die ich unter einem Berg von Noten entdeckt hatte, zu suchen, als Storm endlich zurückkam. Dass es langsam dämmerte, hatte ich bei der Arbeit nicht bemerkt.

»Ach, da ist das Bild«, rief Storm. »Ist es nicht zauberhaft? Jedenfalls sehr ähnlich. Mein Freund Friedrich Feddersen hat Constanze gezeichnet, im vorigen Jahr – kennen Sie ihn? Er ist Propst auf Eiderstedt, in Garding. Ein kluger Mensch, und er weiß alles über die Gegend dort. Künstlerfamilie, seine beiden Brüder zeichnen auch. Gut, dass Sie das Bild gefunden haben! Aber hatte ich Ihnen nicht eigentlich freigegeben?«

Wenn Storm so viel und so schnell redete, beschäftigte ihn meist etwas anderes, über das er nicht sprechen wollte. Also musste ich das tun.

»Ich habe von Clausen gehört. Wissen Sie, wie es ihm geht?«

»Was haben Sie gehört?« Storm wirkte angespannt und zugleich hellwach.

»Nichts Genaues, nur dass Hitscher seinetwegen in die Hohle Gasse gerufen wurde. Er hat es mir auf der Straße erzählt.«

»Hitscher, ach so.« Storm schien über irgendetwas nachzudenken. Plötzlich fragte er: »Trinken Sie einen Tee mit mir?«

Ich dachte an Bottilla und Marie, an Julie, die zu Hause wartete. Aber Storm schien es wichtig zu sein, und ich wusste nicht, wie ich es ihm abschlagen sollte. Oder wie ich die Sache wenigstens abkürzen könnte.

Doch Storm schien selbst auf seine übliche langwierige Teezeremonie verzichten zu wollen. Ich kümmerte mich um den Wasserkocher, er holte die Tee-Essenz und den Kandis; den Branntwein ließ er weg. Dann saßen wir mit unseren Tassen an dem kleinen Tisch.

»Clausen ist tot«, sagte Storm. »Er ist heute Mittag auf der Süderstraße zusammengebrochen. Er wurde schnell gefunden und noch in die Hohle Gasse gebracht. Dort ist er gestorben.«

»Hitscher konnte nichts mehr für ihn tun?«

»Nein. Clausen war bewusstlos, vielleicht auch schon leblos, als Hitscher gerufen wurde. Und ganz sicher tot, als Hitscher ankam.«

»Und Ihr Vater?«

»Der ist am Boden zerstört – kein Wunder, Clausen war eine Ewigkeit im Haus.«

»Grässlich. Heute früh habe ich ihn noch auf dem Marktplatz gesehen, er wirkte überhaupt nicht krank.«

»Sie sagen es, Söt. Niemand versteht das. Auch mein Vater nicht.«

»Und Hitscher?«

»Das ist es eben. Hitscher hat Clausen angeschaut, nur kurz, dann hat er gesagt, dass die Leiche so schnell wie möglich in das alte Scharfrichterhaus gebracht werden soll, wo er sie im Keller untersuchen will. Mein Vater kümmert sich gerade darum.«

»Also kein natürlicher Todesfall?«

»Wie es scheint, nein. Zumindest hat Hitscher da wohl seine Zweifel. Wir sollten so schnell wie möglich Bürgermeister Kaup verständigen. Übernehmen Sie das bitte.«

Bottilla. Marie. Und plötzlich, verzögert, ein überwältigendes Gefühl der Trauer um Clausen.

»Dann gehe ich am besten gleich.« Ich stand auf.

»Nur eins noch«, hielt mich Storm zurück. »Sind die beiden Spaßvögel heute Nachmittag wieder aufgetaucht, Sie wissen schon, Enna und ihr Begleiter?«

Ich erzählte ihm von der kurzen Begegnung vor der Tür seines Kontors.

»Dann ist es ja gut«, sagte Storm. »Sollten sich die beiden trotzdem noch mal blicken lassen, dann sagen Sie der selbsternannten Millionenerbin bitte, dass ich keine Zeit für sie habe, weil ich mich jetzt um ein echtes Problem kümmern muss.«

Vier

»Mit der Faust hielt er das mächtige Tier empor und würgte es, dass die Augen ihm aus den rauhen Haaren vorquollen, nicht achtend, dass die starken Hintertatzen ihm den Arm zerfleischten. ›Hoiho!‹, schrie er und packte ihn noch fester; ›wollen sehen, wer's von uns beiden am längsten aushält!‹«

Theodor Storm, »Der Schimmelreiter«

Von Storms Kontor waren es nur wenige hundert Meter zum Schlossgelände. Bürgermeister Kaup bewohnte dort mit seiner Familie das elegante Kavalierhaus gegenüber dem Wassergraben mit der Einfahrt zum eigentlichen Schloss, einem flachen dreiflügeligen Bau, in dem Hans von Krogh residierte, der Amtmann des dänischen Königs.

Ich beeilte mich auf dem Weg, passierte das Rathaus, bog in den Schlossgang ein und stand wenig später vor dem Kavalierhaus. Tostensen, der Wächter über das Schlossgelände und seine Bewohner, öffnete die Tür und versperrte mir zugleich den Durchgang.

»So spät noch.« Keine Frage, sondern eine Feststellung.

»Es ist spät, ja. Kann ich trotzdem noch mit dem Bürgermeister sprechen? Es ist dringend.«

»Er hat Besuch.« Während er das sagte, fing Tostensen an,

die schwere Eichentür ganz langsam zu schließen. »Morgen wieder.«

Er behielt mich starr im Blick, so wie man einen wilden Hund fixiert, der einen anspringt, wenn man einen Moment unaufmerksam ist oder Schwäche zeigt. Ich war ihm suspekt, ebenso wie Storm, er machte da keinen Unterschied. Und schien sich nach einigen unschönen Begegnungen geschworen zu haben, sich nie wieder von uns auf der Nase herumtanzen zu lassen.

»Hören Sie, Tostensen,« fing ich an, ohne zu wissen, was ich weiter sagen sollte. In diesem Moment drangen von der langen Treppe im Inneren des Hauses Stimmen herunter zu uns. Ich konnte die fröhliche von Bürgermeister Kaup erkennen und den verblichenen Alt einer Greisin.

»Meine besten Empfehlungen an Ihre Enkelin. Und bringen Sie sie das nächste Mal bitte mit.«

»Ich werd's ausrichten, Herr Bürgermeister.« Ein Klirren in der tiefen Stimme. »Übrigens bekommen Sie noch Besuch, scheint mir.«

Tostensen gab den Weg nicht gerne frei, aber er konnte schlecht in der Tür stehenbleiben, als sich die alte Dame näherte. Sie trug ein graues Kleid, eine goldene Kette mit einem Anhänger und eine weiße Haube. Als sie an Tostensen vorbei und ins Freie trat, schaute sie Kaups Türwächter missbilligend an und murmelte: »Der könnte sich auch mal grade halten.«

Als sie an mir vorüberging, traf mich ein kühler Blick. Und ein leichter Hauch von Melisse.

Aus dem Schatten einer Platane kam plötzlich ein Diener

in Uniform. Er musste alles mitbekommen haben, was sich zwischen Tostensen und mir abgespielt hatte, ohne ein Wort zu sagen. Die alte Dame winkte Kaup noch einmal, dann ging sie neben dem Diener her und stützte sich dabei auf einen zierlichen, silberbeschlagenen Stock. Am Ende des Weges sah ich erst jetzt die altertümliche, elegante Pferdekutsche, die auf sie wartete.

»Na, kommen Sie schon, Herr Söt«, sagte Kaup und streckte mir die Hand entgegen. Tostensen gab sich alle Mühe, das gleichmütig hinzunehmen. Am liebsten hätte ich ihm im Vorübergehen die Zunge rausgestreckt.

»Wer war das, Simon?«, hörte ich die alte Frau noch fragen. Von der gemurmelten Antwort verstand ich nichts mehr.

Ich folgte Bürgermeister Kaup die Treppe hinauf bis in sein Arbeitszimmer. Mit Storm war ich schon einige Male in dem großen, langgestreckten Raum gewesen. Manchmal hatte Isabella, Kaups kleine Tochter, so laut gebrüllt, dass das Gespräch sehr schwierig gewesen war. Diesmal war Ruhe, inzwischen musste sie etwa drei Jahre alt sein.

Auch hier im Zimmer konnte ich noch etwas Melisse riechen. Kaup, ein kräftiger Mann Anfang vierzig, mit kurzen blonden Haaren über der breiten Stirn, hörte sich an, was ich von Clausens Tod wusste, fragte nach Hitschers Plänen und meinte, wir müssten die Obduktion abwarten, vorher sei alles Spekulation. Auf dem kleinen Tisch standen noch zwei zierliche Teetassen aus dünnem Porzellan und zwei Tellerchen. Auf dem einen waren Krümel, auf dem anderen ein kaum angebissenes Stück Lebkuchen.

Kaups Augen folgten meinem Blick.

»Frau van Ovens. Die alte Dame besucht mich manchmal, wenn sie in Husum zu tun hat und nach dem Gespräch mit ihrem Berater noch Zeit hat, bevor sie in ihrer Kutsche nach Friedrichstadt zurückfährt. Dann isst sie wie ein Vögelchen und fragt mich aus, was es Neues gibt. Viele Freunde hat sie nicht mehr, die meisten sind tot, mit anderen ist sie zerstritten.«

»Zerstritten? Weswegen denn?«

Kaup fand offenbar, dass mich das nichts anginge, jedenfalls überging er die Frage und redete weiter.

»Und Sie hatten heute auch Besuch, habe ich gehört?«

Husum. Natürlich war die Nachricht von dem sonderbaren Paar auch schon ins Kavalierhaus gedrungen.

»Ja, eine Köchin aus Rendsburg, die sich mit Storm beraten wollte. Und ihr Begleiter.«

»Aus Rendsburg? Gibt es dort keine Advocaten?«

Die Frage hatte ich mir bisher noch nicht gestellt. Kaup schien Ennas Besuch als Einziger ernst zu nehmen.

»Wird es wohl«, sagte ich.

»Und was wollte sie von Storm?«

Kaup stellte die Frage betont gleichmütig.

»Was sagten Sie eben noch über Frau van Ovens und ihre Streitigkeiten?«

Kaup lächelte.

»Herr Söt, da kommen Fremde in meine Stadt, erregen Aufsehen auf dem Marktplatz, belagern einen Anwalt, den sie noch nie zuvor gesehen haben, und rauschen nach ein paar Stunden wieder ab. Alles sehr mysteriös. Meinen Sie nicht, ich sollte erfahren, was sie gewollt haben? Und dass sich vielleicht auch der Amtmann dafür interessiert? Ich kann auch Ihren Herrn Advocat einbestellen, jetzt gleich, damit er mir alles erzählt. Glauben Sie, er würde Sie zu Ihrer Verschwiegenheit beglückwünschen?«

»Ich weiß es nicht. Ist das denn gerade eine offizielle Befragung?«

»Nein«, sagte Kaup. »Ich dachte, wir unterhalten uns.«

»Unterhalten, sehr gern. Warum sind Frau van Ovens' Feindschaften eigentlich so ein Geheimnis?«

Eigentlich war mir die alte Frau herzlich gleichgültig. Aber mich von Kaup einfach so aushorchen lassen wollte ich auch nicht. Sollte er sich doch mit Storm herumschlagen.

»Ist gut«, sagte Kaup und stand auf. »Sie finden allein hinunter, ja? Wir sehen uns sicher bald wieder.«

Unten schloss mir Tostensen die Tür auf. Ich machte, dass ich wegkam.

Ich merkte, dass ich mich von dem hellen Märztag hatte täuschen lassen. In der kühlen Nacht zitterte ich unter meiner dünnen Jacke. Ich musste an das seltsame Paar denken, Enna und Hinrich, die jetzt wohl unterwegs waren, um die Dinge selbst in die Hand zu nehmen, was immer das heißen sollte.

Mir war nicht wohl bei der Sache. Ich hatte den Bürgermeister nicht vor den Kopf stoßen wollen, schließlich hatte er sich oft genug für Storm und auch für mich eingesetzt, wenn es Ärger mit den anderen Mächtigen von Husum gab, allen voran Amtmann Krogh gleich nebenan im Schloss.

Auf dem dunklen Weg zur Großstraße überlegte ich, ob Kaup mir wohl die ganze Wahrheit über sein Interesse an Enna gesagt hatte. Als ich an Jens Nissen vorüberlief, rief mir der junge Nachtwächter etwas zu. Erst achtete ich nicht auf ihn, weil ich so in Gedanken war, dann rief er noch mal: »He, Peter Söt!«

Ich blieb stehen.

»Gut, dass Sie kommen. Haben Sie es schon gehört?«

»Das Unglück mit Clausen?«

»Das auch, ist ja Stadtgespräch. Nein, das mit dem Einbruch. Ich dachte, Schmidt hätte Ihnen Bescheid gesagt.«

Storms Vermieter Schmidt, so stellte sich heraus, war am späten Abend durch ein Geräusch wie das leise Splittern von Holz aufgeschreckt worden. Erst schrieb er es den alten Balken von Dankwerths Haus zu, dann ging er doch nachsehen. Vermutlich verscheuchten schon seine Schritte auf den quietschenden Treppenstufen den Einbrecher, der unbemerkt in den Gang gekommen war und sich an der Tür zum Kontor zu schaffen gemacht hatte. Sonderlich geschickt war der Eindringling nicht vorgegangen, sagte Schmidt später zu Nissen – wer bricht schon ein, wenn es noch nicht einmal richtig Nacht geworden ist? Jedenfalls war er weg, als Schmidt unten angekommen war.

»Und Storm?«

»Ist unterwegs, wohl noch bei seinem Vater. Ich habe den kleinen Marx dorthin geschickt mit der Nachricht.«

Im Haus traf ich den aufgeregten Schmidt, der mir noch einmal sein Abenteuer erzählte. Der Schlüssel unter der Vase war immerhin noch da, aber die Tür war aufgebrochen.

Hinter mir hörte ich Schritte. Storm war zurückgekommen. Er trug ein dickes Aktenbündel unter dem Arm, nahm die Öllampe, die Schmidt ihm reichte, und ging wortlos an mir vorbei ins Kontor. Ich kannte ihn in solchen Situationen, er war beunruhigt und platzte zugleich vor Wut über den Einbruch. Ich sprach ihn lieber nicht an.

Obwohl das Licht flackerte, weil der Docht nicht besonders gut geputzt war, konnten wir das Kontor einigermaßen untersuchen. Storm beruhigte sich etwas, als er fand, dass auf den ersten Blick wohl nichts durchwühlt oder gestohlen sei. Tatsächlich wirkte es so, als ob die Ordnung, die ich erst an diesem Nachmittag geschaffen hatte, nicht angetastet worden war.

»Morgen früh sehen wir gründlicher nach, Söt«, sagte Storm. »Dann besprechen wir auch, was ich eben in der Hohlen Gasse erfahren habe. Und um elf begleiten Sie mich zu meinem Vater. Jetzt ist es spät, gehen Sie endlich nach Hause.«

Ich verabschiedete mich und sah, dass er in sein Zimmer ging. Im Flur hörte ich plötzlich seinen Schrei. Ich stürzte zurück und sah Storm, wie er fassungslos im Eingang zu seinem Schlafzimmer stand, die Öllampe in der ausgestreckten Hand. Ich schaute an ihm vorbei, um herauszufinden, was ihn so erschreckt hatte. Auf seinem Bett lag in einer Blutlache eine Pfote des weißen Angorakaters.

Fünf

»Es war John Glückstadt nicht; es war John Hansen, wie er im Herzen seiner Tochter fortlebte, für den sie gestern ihren frischen dauerhaften Kranz gepflückt hatte; mit diesem John hatte der doppelgängerische Schatten noch nichts zu schaffen.«

Theodor Storm, »Ein Doppelgänger«

In der Nacht träumte ich von einer Gruft, in der etwas Entsetzliches auf mich lauerte und in die ich trotzdem eindringen musste, ob ich wollte oder nicht. Je tiefer ich in die labyrinthischen Gänge geriet, desto deutlicher konnte ich den Atem des Raubtiers hören, und im Näherkommen wurde aus den langsamen, schweren Zügen ein aufgeregtes Keuchen in meinen Ohren. Als ich aufwachte, merkte ich, dass es aus meiner eigenen Lunge kam.

Neben mir schrie unsere Tochter wie am Spieß.

Bottillas Lider flatterten, schlaftrunken griff sie nach Marie und legte sie sich an die Brust. Marie seufzte glücklich und trank. Ich stand vorsichtig auf und machte mich bereit, ins Kontor zu gehen.

In der Küche traf ich Julie. Sie hatte den Ofen geheizt und den Milchtopf aufgesetzt.

»Du gehst? Schon?«

»Ich muss«, sagte ich kleinlaut, »Storm braucht mich jetzt.«

Sie öffnete den Mund, schloss ihn wieder und rührte im Topf, ohne mich weiter anzusehen. Was sie sagen wollte, wusste ich auch so.

Wie ich es erwartet hatte, saß Storm schon am Schreibtisch. Sein Gruß war freundlich, aber seine Miene wie versteinert. Ich wagte nicht, nach dem Kater und dem Bett zu fragen. Später erfuhr ich von Schmidt, dass Storm die Pfote in aller Herrgottsfrühe begraben und die Wäscherin Trien Jans gerufen hatte, die jetzt damit beschäftigt war, Decke, Kissen, Laken und Bezüge zu reinigen. Bis zum Strohsack war das Blut offenbar nicht gedrungen. Davon abgesehen, fehlte vom Kater jede Spur.

Storm bat mich, mit dem Ordnen der Papiere weiterzumachen. Wir arbeiteten drei Stunden fast schweigend nebeneinanderher. Dann hatte er seinen Aktenberg durchgesehen und ich alles andere an seinen Ort gebracht.

Es schlug elf.

»Wir sollten gehen, Herr Söt, mein Vater erwartet uns«, sagte Storm. Er ging zur Tür. Ich erhaschte einen Blick auf die oberste Akte auf seinem Tisch: »Staatshof«, stand dort.

Den Weg zwischen der Kanzlei des jungen Storm und seinem Elternhaus waren wir hundertmal miteinander gegangen. Diesmal sprachen wir unterwegs kein einziges Wort. Ich hütete mich, nach der Katze zu fragen, und Storm behielt für sich, was er mir von dem Gespräch mit seinem Vater hatte erzählen wollen.

In der Hohlen Gasse öffnete uns Mareike, das Dienstmädchen von Storms Mutter. Ihre Augen waren rotgeweint. Sie trat zur Seite und zeigte auf die Treppe mit geschnitztem Geländer, die ins obere Stockwerk führte. Der Saal, in dem der alte Storm auf uns wartete, war so breit wie das gesamte Gebäude. Johann Casimir Storm saß in einem Lehnstuhl vor einem kleinen Tisch, das Gesicht eingefallen, die blaue, kantige Nase, die ihm etwas von einem Raubvogel gab, trat noch schärfer heraus als sonst.

Bürgermeister Kaup saß neben ihm. Ihn hatte ich nicht erwartet. Es war kein gutes Zeichen, dass er eigens hierhergekommen war, aber es war auch ein Ausdruck von Respekt für den alten Mann, der einen Vertrauten so vieler Jahre verloren hatte. Johann Casimir Storm winkte uns, auf den Stühlen gegenüber Platz zu nehmen, ein dritter leerer stand dicht an seiner Seite.

»Hast du schon etwas gehört, Vater?«, fragte Theodor Storm.

Der alte Advocat schüttelte den Kopf. Sein Sohn schaute Kaup an, der regungslos in seinem Stuhl saß und den Blick erwiderte. Ich kannte ihn inzwischen gut genug, um ihm anzusehen, dass auch er nichts wusste.

»Er müsste jede Minute da sein«, sagte der alte Storm.

Obwohl der Saal nach Westen gerichtet war, wirkte an diesem Vormittag der Raum mit seinen weit geöffneten Fenstern so frühlingshaft hell, dass der Tod von Clausen, der Grund für unsere Versammlung, entsetzlich unwirklich erschien.

Endlich läutete die Glocke. Wir hörten, wie sich Mareikes Schritte der Tür näherten, die kurz darauf geöffnet wurde. Die Treppenstufen knarrten, dann kam Hitscher in den Saal und setzte sich ohne Umstände auf den leeren Stuhl.

Johann Casimir Storm hielt sich ebenfalls nicht mit Floskeln auf. Er wollte die Sache hinter sich bringen, auch wenn ihm die Vorstellung, womit Hitscher diesen Morgen verbracht hatte, entsetzlich war.

»Nun?«

»Bevor ich anfange, Herr Advocat, habe ich noch Fragen«, sagte der Stadtphysicus. Er drehte geistesabwesend Strähnen seines roten Barts zwischen Daumen und Zeigefinger hin und her.

»Bitte.«

»Clausen war lange bei Ihnen?«

»Seit über zwanzig Jahren.«

»Als Ihr Diener?«

»Bediensteter, Bevollmächtigter, Bote, Schreiber …« Falls das Wort »Freund« dazugehörte, behielt es der alte Storm für sich. Während er aufzählte, was Clausen alles für ihn getan hatte, schien ihm erst richtig klar zu werden, wie sich sein Leben von nun an ändern würde. Und jeder im Raum wusste, dass nichts ihm so verhasst war, wie wenn sich die gewohnten Dinge änderten.

»Ist Ihnen etwas an ihm aufgefallen – dass er in letzter Zeit schnell müde wurde, dass ihm die Luft wegblieb, er den Aufgaben nicht mehr gewachsen war?«

»Nichts davon.«

»Verfärbte Stellen auf der Haut?«

Storm runzelte die Stirn. »Keine, soweit ich weiß. Worauf wollen Sie hinaus?«

Er sah sich nach Kaup um. War diese Versammlung die Idee des Bürgermeisters gewesen, hatte er ein Verbrechen geargwöhnt, während der alte Storm an ein Unglück glauben wollte?

»Auf nichts, Herr Advocat«, sagte Hitscher. »Ich möchte nur genauer wissen, was für ein Mensch da auf meinem Tisch im alten Scharfrichterhaus liegt. Oder eher« – er hatte den zornigen Blick des alten Storm aufgefangen – »bis eben dort gelegen hat. Jetzt ist er in der Kiste, in die mein Gehilfe und ich ihn gebracht haben. So vorsichtig es ging.«

Johann Casimir Storms Augen blitzen noch mehr.

Kaup übernahm. »Also, Herr Hitscher, was heißt das alles?«

»So ähnlich hatte ich es mir gedacht. Der Tote war für sein Alter bemerkenswert gut beieinander. Er hätte hundert werden können.«

»Freut mich zu hören«, knurrte Storm. Hitscher schien nicht zu bemerkten, wie er den alten Mann immer mehr erregte.

»Ich habe jedenfalls nichts gefunden, was auf einen natürlichen Tod hindeutet.«

»Das heißt?«, fragte Kaup.

»Dass er sich irgendwie vergiftet hat, wahrscheinlich gestern Mittag«, sagte Hitscher zufrieden. »Die roten Flecken auf seiner Haut passen auch dazu.«

»Blödsinn.« Johann Casimir Storms Stimme war leise und scharf. »Warum hätte er das tun sollen?«

Wir schwiegen alle, auch Hitscher.

»Vielleicht«, sagte Kaup nach einer Pause vorsichtig, »hat man ihm das Gift gegeben?«

»Ja, vielleicht«, sagte Storm senior bitter. »Dann können Sie mir bestimmt auch sagen, wer das getan hat. Wer ihn genug gehasst hat, um ihn zu ermorden. Und was Clausen ihm für einen Grund dafür gegeben hat.«

»Das müssen wir herausfinden, da haben Sie recht«, sagte Kaup, obwohl Storm das eigentlich nicht gesagt hatte. »Und ich werde Hans von Krogh darüber informieren müssen. Ein Mord in seinem Amtsbezirk ist nichts, was man ihm verheimlichen sollte. Können Sie sich vorstellen, dass Clausen Feinde hatte, Herr Advocat?«

»Nein. Ja, mag sein. Vielleicht hat er sich Feinde gemacht, indem er meine Aufträge ausgeführt hat. Das wären dann eher meine als seine, denke ich.«

»Was für Aufträge?«

»Was so anfällt. Briefe zustellen, auch Mahnungen, Hinweise auf abgelaufene Fristen und auf die Konsequenzen, solche Sachen. Angenehm war das für niemanden. Aber jeder weiß, dass ich solche Schreiben nicht grundlos verschicke.«

»Wenn Sie so überlegen, an wen Sie in letzter Zeit …«

»Meinen Sie nicht, Herr Bürgermeister, dass die Empfänger solcher Briefe ihren Ärger kaum dadurch ausgelassen hätten, den Überbringer zu vergiften?«, sagte Theodor Storm.

Der alte Storm warf seinem Sohn einen gleichmütigen Blick zu, in dem sich immerhin Spuren von Dankbarkeit zeigten. Mehr würde es für ihn heute nicht geben.

Sie kamen nicht weiter, die drei Männer, die es gewohnt waren, das, was in Husum geschah, wenn nicht zu lenken, dann doch wenigstens restlos zu verstehen und meist auch zu billigen. Dass sich hier jemand selbst vergiftete, kam höchstens im Zusammenhang mit verdorbenem Fleisch oder zu viel Alkohol vor, und solch ein Tod gab Hitscher und Kaup nie lange Rätsel auf. Dass jemand vergiftet wurde, kam praktisch nicht vor. Oder es kam nicht ans Licht.

»Also, was wird nun?«, fragte Theodor Storm in die Runde. Natürlich meinte er Kaup.

»Was soll werden? Herr Hitscher schreibt seinen Bericht, und den gebe ich demjenigen weiter, der den Fall untersucht«, sagte Kaup. »Er wird Sie dann besuchen, Herr Advocat, gründlich befragen und sich dann Clausens Zimmer und sein Schreibpult in Ihrem Kontor gründlich ansehen.«

»Muss das sein?«, fragte der alte Storm.

»Das wissen Sie so gut wie ich«, sagte Kaup. »Natürlich weiß ich nicht, wie lange der Herr Stadtphysicus für seinen Bericht braucht. Da geht Gründlichkeit vor Schnelligkeit. Und vorher hat es wenig Sinn, die Pferde scheu zu machen.«

»Ich verstehe. Wenn also jemand Ihrem Ermittler zuvorkäme und die Sache aufklärte, bevor der Obduktionsbericht vorliegt, müssten Sie niemanden mehr zu mir schicken?«

»Das stimmt«, sagte Kaup, »vorausgesetzt, mich überzeugt das Ergebnis, das mir Ihr Sohn vorlegt.«

»Mein Ergebnis?«, fragte Theodor Storm verwirrt.

»Das wird es«, sagte Johann Casimir Storm, »er geht sofort an die Arbeit.«

Als Hitscher und Kaup den Saal verlassen hatten – der Stadtphysicus ohne weitere Bemerkungen, der Bürgermeister, indem er Theodor Storm für den übernächsten Tag in seine Amtsräume bestellte –, setzte sich der alte Storm auf die Kante des zierlichen Stuhls, schloss kurz konzentriert die Augen und richtete sie dann auf seinen Sohn.

»Also?«

»Ich verstehe dich nicht, Vater. Wie soll ich diese Sache aufklären? Oder gibt es da noch etwas, was du mir dazu sagen kannst?« Und, als Johann Casimir Storm rasch den Kopf zu mir drehte: »Nein, Vater, Herr Söt bleibt hier. Sonst muss ich ihm hinterher alles noch mal erzählen.«

Dass ich so weit für ihn gehen würde, lag an Momenten wie diesem.

»Sei's drum«, sagte der alte Storm.

»Und du sagst mir, was du weißt, Vater. Keine Geheimnisse mehr.«

»Ich werde dir in dieser Sache helfen, so gut ich kann. Außer es betrifft meine Klienten, da bin ich zur Verschwiegenheit verpflichtet.«

»Und Clausen? Von mir will ich ja gar nicht reden, aber meinst du nicht, du schuldest ihm, dass sein Mörder gefunden wird?«

»Ich sage doch, ich helfe dir.«

»Nun gut. Also, was denkst du?«

»Ich weiß es nicht. Es kann alles Mögliche sein, was ihn und mich betrifft. Clausen hat mir über die Jahre viele Dienste geleistet. Auch solche, von denen du nichts weißt und auch jetzt nichts erfahren wirst.«

»Dienste, die er …« Sein Sohn stockte einen Moment. »… die er jetzt mit dem Leben bezahlt hat?«

»Wie kommst du dazu, so mit mir zu sprechen? Glaubst du, ich hätte etwas Unrechtes von ihm verlangt?«

»Du scheinst jedenfalls lieber mich mit diesem Fall zu betrauen, als dass du einen Fremden an deine Papiere lässt.«

»Das ist ganz einfach: Wenn sich herumspricht, dass irgendein Fremder den Inhalt meiner Aktenschränke liest, die ich aus gutem Grund verschlossen halte, wird mir niemand mehr einen Nachlass oder die Versteigerung einer Viehweide anvertrauen. Schon gar nicht ein schwieriges Mandat.«

Ich schien für die beiden nicht mehr im Raum zu sein. Ein Lob für seinen Sohn oder ein Wort des Vertrauens in seine Fähigkeiten als Ermittler, die er in den letzten Jahren oft genug bewiesen hatte, gingen dem alten Storm nicht über die Lippen. Theodor Storm wusste das und ging normalerweise gelassen damit um. Heute fiel ihm das schwer. Aber natürlich war ihm klar, dass sein Vater seine Hilfe diesmal besonders nötig hatte und sich das deshalb besonders wenig anmerken lassen wollte.

»Gut, Vater. Hat … hatte Clausen immer noch die Kammer im Packhaus über deinem Kontor? Dann sehen wir uns da als Erstes um.«

»Wir? Ach so … ja, nimm ihn schon mit, deinen Schreiber.«

Mir zu trauen, brachte er immer noch nicht fertig. Nach allem, was war, verstand ich ihn sogar. Und immerhin ermahnte er seinen Sohn nicht, mir in Clausens Kammer auf die Finger zu sehen.

Sechs

»›Geh hinaus, Martin‹, sagte die Großmutter. ›Was ist es denn, Anne?‹ ›Sie haben etwas in der Gruft gefunden; ein Schaustück oder so etwas. Die Särge der alten Herrschaften wollen schon nicht mehr halten.‹«

Theodor Storm, »Im Sonnenschein«

Ich folgte Storm über die Treppe ins Erdgeschoss und durch die Hintertür in den Hof, während sein Vater noch im Saal blieb. Wahrscheinlich waren wir alle drei damit zufrieden.

Das Packhaus war ein eigenes Gebäude neben Storms Elternhaus in der Hohlen Gasse, die auf den Hafen führte. Vor zwei Jahren hatte ich mich dort dem alten Storm vorgestellt, der für seinen Sohn einen Schreiber suchte. Jetzt gingen wir hinter dem Kontor über eine zweite Treppe hinauf ins Obergeschoss. Hier war ich nie gewesen, und auch Storm kannte sich nicht gut aus. Die Fenster waren klein, die Räume dunkel, und ich zündete eine Kerze in einem Leuchter an, bevor wir oben die erste Tür öffneten.

Was ich über Clausen wusste, war nicht viel. Er hatte sich wohl mit der Magd Lina angefreundet, die im selben Haushalt gearbeitet, vor einem halben Jahr geheiratet hatte und weggezogen war. Und er hatte vor zwei Jahren aus Gründen, die keiner von uns recht verstehen konnte, eine lebensechte Wachsfigur seines Arbeitgebers anfertigen lassen und sie in einem Bottich voller Schweineblut im Hof versenkt. Dass der alte Storm seinen exzentrischen Schreiber trotzdem behalten hatte, war ein mittleres Wunder.

Nun stand ich in seinem Zimmer. Es war größer und heller, als ich erwartet hatte. Ein Bettgestell mit einer sauber bezogenen Strohmatratze, darauf eine dünne Decke. Eine Truhe, darauf ein rotes Tuch, am Fenster ein Tisch, darauf Schreibzeug und ein verschließbarer flacher Kasten. Völlig unauffällig, gediegen und zugleich aufs Nötigste reduziert. Ich warf einen Blick durch das Fenster auf den schönen Garten der Familie. Clausen hatte von hier aus jeden Winkel beobachten können.

»Sehen Sie mal, Herr Söt!«

Storm zeigte auf das einzige Bild, das an den mit einer vergilbten grünen Tapete beklebten Wänden angebracht war. Es hing in einem schmalen schwarzen Rahmen neben der Tür, deshalb war es mir noch nicht aufgefallen. Ein Holzschnitt, in der Mitte eine leichtbekleidete Frau, vor ihr kniete eine andere und hielt ihr einen Säugling hin, im Hintergrund ein Fluss. »Moses aquis eripitur«, las ich darüber.

»Warum aus dem ganzen Alten Testament gerade diese Szene, was meinen Sie?«

»Die Tochter des Pharaos ist schön«, sagte ich.

»Ist sie«, sagte Storm, »aber das sind Eva, Judith oder Bathseba bestimmt auch.«

Ich zuckte mit den Schultern. Als mein Blick wieder über

das Bett glitt, fragte ich mich, ob der Schreiber darin gestorben war, nachdem man ihn gestern ins Packhaus getragen hatte, aber wahrscheinlich hatte man ihn ins andere Gebäude gebracht, weil er dort viel besser versorgt werden konnte. Falls es überhaupt noch etwas zu versorgen gegeben hatte.

Storm hatte inzwischen angefangen, den Schlüssel für die Schreiblade auf dem Tisch zu suchen, und fand ihn schließlich in einer Ritze zwischen Matratze und Wand.

Es klickte zweimal, als Storm das Schloss öffnete. Er hob die Schreibfläche an. Darunter waren einige Blätter weißes Papier von guter Qualität, für Briefe oder Reinschriften von Dokumenten, dazu ein paar exzellente Federn und ein kleines Messer. Ein Blatt mit Tintenspuren beim Ausprobieren einer Feder. Sonst nichts: kein Brief, kein Heft mit Aufzeichnungen, keine Notizzettel.

»Dann schauen wir in der Truhe nach«, sagte Storm enttäuscht. »Helfen Sie mir bitte, Söt?«

Es war so offensichtlich, dass ich mich wunderte, warum Storm darüber hinwegging. Vielleicht, dachte ich, will er mich prüfen, vielleicht will er wissen, ob all das von früher noch in mir steckt. Das Geschick, in fremden Zimmern rasch das aufzufinden, worauf es ankommt, das, was einer vor jedem Dieb verheimlichen will, der kommt, um ihn auszuspionieren. So ein Dieb war ich gewesen, jahrelang, ich hatte mich für meinen Meister in das Vertrauen ehrlicher Leute eingeschlichen und dann, wenn sie es nicht bemerkten, ihre Schubladen durchsucht. Was sie verbergen wollten, brachte ich heraus und lieferte es bei meinem Meister ab. Der sie dann erpresste, die ehrlichen und die nicht ganz so ehrlichen Leute, während ich machte, dass ich davonkam. Erst als einer von ihnen sich auf dem Dachboden erhängte, wusste ich, dass ich so nicht weitermachen konnte.

»Söt, kommen Sie?«

Das hier war anders.

»Geben Sie mir noch einen Moment, Herr Advocat?«

Ich ging zum Tisch, nahm das Schreibzeug mit den Papieren aus der geöffneten Lade und legte es daneben.

»Was machen Sie da?«

»Warum schließt jemand eine Lade zweimal ab, wenn er darin nur Papier und Federn aufbewahrt?«

Es war das erste Mal, dass Storm mir bei so etwas zusah, und ich wünschte, er hätte sich wieder mit der Truhe beschäftigt.

Ich hob den braungebeizten Holzkasten etwas an und bewegte ihn. Ein schwaches Geräusch aus dem Inneren, ein langsames Gleiten, als ob sich etwas gegen einen Widerstand schwach bewegt.

Der Mechanismus war nicht kompliziert, zwei Holzstifte, die mit dem bloßen Auge kaum zu sehen waren, die ich aber rasch ertastete. Als ich sie gleichzeitig drückte, öffnete sich auf der Hinterseite der Lade ein Spalt. Ein Brettchen ließ sich in einer Nut beiseiteschieben.

»Wollen Sie, Herr Advocat?«

Er tastete in die Öffnung und zog ein Stoffsäckchen heraus. Ein Band hielt es oben zusammen.

Ich stellte die Lade wieder auf den Tisch und schob das Brettchen vor die Öffnung. Auch die Papiere und Federn räumte ich ein und schloss den Deckel. Jetzt war nichts mehr davon zu sehen, dass wir in Clausens Geheimnisse eingedrungen waren.

Storm legte das Säckchen auf den Tisch neben die Lade, ohne es zu öffnen.

»Erst die Truhe, Söt, dann nehmen wir alles in mein Kontor mit und sehen es durch.«

Ich brauchte eine Weile, um zu verstehen, dass er den Fund in Clausens Versteck erstmal für sich behalten, seinen Vater aber nicht belügen wollte.

Die Truhe war unverschlossen. Wir sahen zusammengelegte Kleidung und eine Mappe mit Dokumenten und Briefen.

»Glauben Sie, hier ist noch mehr?«, fragte Storm. War das Achtung für meine Talente als Einbrecher oder plötzliche Wachsamkeit mir gegenüber?

Ich untersuchte die Truhe flüchtig.

»Ich glaube nicht.«

»Sonst irgendetwas hier im Raum?«

Ich schüttelte den Kopf.

»Dann lassen Sie uns gehen. Mein Vater wartet sicher schon.«

Im Saal hatte Mareike inzwischen Tee gebracht, aber wir blieben nicht mehr lange. Nachdem der alte Storm einen flüchtigen Blick auf die Papiere seines Angestellten geworfen hatte, einigte er sich mit seinem Sohn darauf, dass der die

Blätter mit in die Großstraße nehmen und dort studieren sollte.

Draußen in der Hohlen Gasse gab mir Storm für den Nachmittag frei. Er wusste, dass Bottilla für jede Stunde dankbar sein würde, die ich bei ihr und Marie verbrachte, und vielleicht ahnte er auch, dass Julie mich finster ansah, wann immer ich das Haus verließ. Trotzdem war ich enttäuscht.

Storm lachte.

»Na gut, zehn Minuten mehr oder weniger … Dann kommen Sie eben mit, und wir sehen uns Ihren Fund gemeinsam an.«

Wir bogen von der Hohlen Gasse in die Großstraße und den Marktplatz ein. Storms gute Stimmung war umgeschlagen, wahrscheinlich dachte er umso mehr an den Einbruch von gestern Abend, je näher wir seinem Kontor kamen.

»Was meinen Sie, Söt, wer könnte das gewesen sein«, fragte er unvermittelt, »und was könnte er damit bezweckt haben, das arme Tier zu verstümmeln?«

»Er ging ihm wohl nicht um den Kater«, sagte ich.

»Sicher nicht. Aber warum hat er dann nicht mich angegriffen?«

»Vielleicht sollte das eine Warnung sein? Eine ziemlich grausame …«

»Vielleicht. Und wovor?«

Als wir die Kanzlei erreicht hatten, stand die Sonne schon so tief, dass ich eine Öllampe entzündete. Storm schob auf seinem Tisch einen Wust von Notenblättern, Briefen und Gedichtentwürfen voller Streichungen und Korrekturen beiseite. Dann kramte er den Stoffbeutel aus seiner Tasche und zog das Band ab.

Im Beutel war eine kleine ovale Silberplakette. Ich musste nicht genau hinschauen, um das eingeprägte Motiv zu erkennen: eine Kriegerin auf einer Brücke, mit wehenden Haaren. Ennas Anhänger. Oder einer, der ihrem zum Verwechseln ähnlich sah.

Sieben

»Ich sehe sie noch vor mir, wie sie neben dem Glasschrank strack und steif in ihrem Lehnstuhl saß, zwischen Schriften und Rechnungsbüchern umhertastend oder ein großes Strickzeug mit ihren hageren Fingern bewegend.«

Theodor Storm, »Am Kamin«

Es blieb nicht bei den zehn Minuten. Als ich zurück nach Rödemis ging, drängte mir Storm eine Stablaterne auf, weil es stockfinster geworden war. Maries Schreien hörte ich schon auf der Straße. Julie drückte mir das Kind in die Arme, murmelte »Wo bist du gewesen?« und »Bottilla braucht mich!«, dann ging sie die Treppe hinauf zu ihrer Schwester.

Ich trug Marie herum, die sich langsam beruhigte. Ihr Schreien wurde leiser und hörte bald auf, dann wurden ihre Atemzüge tiefer und gleichmäßiger, ihr Körper sackte an meiner Brust zusammen. Als ich versuchte, sie in ihren Korb zu legen, schreckte sie wieder auf und setzte zu neuem Weinen an. Ich nahm sie hoch und trug sie weiter umher.

Ich war voller Schuld und voller Sorge um Bottilla.

Wir hatten noch lange über Clausens Medaillon gesprochen. Storm wollte am nächsten Tag als Erstes herausfinden, wo Enna und Hinrich untergekommen waren. Diesmal würde er sie besser behandeln, sagte er, und dass wir ihre Geschichte ernst nehmen müssten, so seltsam sie auch erscheinen möge.

Ich hielt die Geschichte nach wie vor für reine Phantasie und fragte Storm, was denn nun dadurch anders sei, dass wir ein zweites Medaillon mit demselben Motiv gefunden hätten.

Das wisse er auch nicht, sagte Storm, außer dass Enna ihren Schmuck höchstwahrscheinlich nicht selbst angefertigt hätte, denn woher hätte sie Clausens Medaillon kennen und kopieren sollen? Und wenn sie ihren Anhänger nicht hergestellt hätte, könnte er durchaus in ihrem Körbchen gelegen haben.

Und wenn?, fragte ich zurück. Wer sagt denn, dass Enna nicht eines Tages diese Mordgeschichte aus Eiderstedt gehört und sie zumindest die Buchstaben E. v. O. selbst in ihre Silberscheibe geprägt hat? Oder jemand anders?

Die Sache war völlig verworren. »Das Einzige, was wir wissen«, sagte ich leise, um Marie nicht zu wecken, »ist, dass es eine Verbindung zwischen Clausen und Enna gibt. Und dass er womöglich deshalb gestern früh so erschrocken ist, als er sie mit Hinrich auf dem Marktplatz von Husum sah.«

»Und warum ist er wegen ihr so erschrocken?«, flüsterte eine Stimme hinter mir.

Ich drehte mich um und wollte meine Frau in die Arme nehmen, die sich leise hinter mir an unseren Tisch gesetzt hatte, aber mit Marie ging das nicht. Bottilla lächelte schwach.

»Ich habe dich vermisst«, sagte sie. Kein Vorwurf.

»Ich dich auch«, sagte ich.

»Und wer ist jetzt diese Enna?«

Wir saßen noch eine Weile beisammen, flüsterten über den Kopf unserer Tochter hinweg und tranken Tee an unserem Tisch. Ich erzählte ihr die ganze Geschichte. Alles war unwirklich und fühlte sich zugleich normal an, und ich dachte, wenn Bottilla wieder gesund und das seltsame Paar aus Rendsburg aus unserem Leben verschwunden ist, muss alles anders werden.

»Wie geht es morgen weiter?«, fragte Bottilla.

»Zuerst müssen wir Enna und Hinrich finden«, sagte ich. »Storm will herausbekommen, was es mit ihrer Geschichte auf sich hat.«

»Und was das Medaillon bedeutet?«

»Das auch, ja.«

»Mir geht die Geschichte mit dem verschleppten Kind nicht aus dem Kopf«, sagte Bottilla, »und seine Eltern auch nicht. Die Mutter wird ermordet, der Vater hängt sich auf – wie kann die Großmutter damit weiterleben? Und noch allein ihre letzte Enkelin aufziehen?«

»Ich weiß es nicht.«

»Warum fragt ihr sie nicht?«

»Bottilla, wir können nicht einfach …«

»Wieso? Jetzt habt ihr doch einen Grund. Übrigens gehen wir jetzt schlafen, Marie und ich.«

»Was meinst du, welchen Grund?«

»Das Medaillon natürlich. Fragt sie danach und nach dem Weiterleben, mal sehen, was sie sagt. Kommst du jetzt?«

Der nächste Morgen war grau, aber trocken. Ich klapperte für Storm diejenigen Kaschemmen Husums ab, die unserer Meinung nach für Enna und Hinrich in Frage kamen – Absteigen, billig genug, damit ein fast mittelloses Paar sie sich leisten könnte, aber nicht zu schäbig für eine Frau, die sich als Millionenerbin fühlte. Damit schieden die Branntweinschenken der Neustadt aus, die Gasthöfe und Hotels in der Nähe des Markts auch. In Osterende wurde ich schließlich fündig. Dort waren sie am Tag vor unserem Zusammentreffen angekommen und hatten ein winziges Zimmer bezogen.

Der Wirt Claas Detlevsen war schnell bereit, mir den Raum zu zeigen, und erzählte mir alles dreimal: Wie sich die Frau über das Zimmer beschwert, den Strohsack zu hart und überhaupt alles schmutzig gefunden habe, am schlimmsten aber das Essen, über das sich zuvor noch keiner beschwert hätte, während der Mann ein paarmal beschwichtigend dazwischengeredet habe, aber immer fürchterlich zurechtgewiesen wurde, so dass er bald verstummt sei.

Das waren sie, kein Zweifel. Ich konnte mir Ennas Zetern vorstellen und fand sie anmaßend und ungerecht. Das Zimmer war sicher einfach, aber ordentlich und sauber.

Sie seien dann mittags noch einmal wiedergekommen, aber nicht mehr über Nacht geblieben, sagte Claas Detlevsen. Er habe den armen Kerl beiseitegenommen und ihm ein paar gute Ratschläge gegeben, dass er sich das nicht bieten lassen solle von der Frau, aber der Mann habe nur geseufzt und gesagt, das sei nicht immer so schlimm.

Eine ältere Magd steckte ihre Nase ins Zimmer und wollte etwas von Detlevsen.

»Später, Margret«, sagte er, »du siehst doch, dass ich gerade etwas mit dem Sekretär von dem Herrn Advocaten Storm zu besprechen habe.«

Als ich mich schließlich bedankt hatte und gehen wollte, rief er mich auf der Straße noch einmal zurück, er habe da etwas für mich.

Ich drehte mich um.

Er wisse nämlich, wohin die beiden abgereist seien. Der Mann habe etwas von Koldenbüttel und dem Staatshof erzählt. Als ob der neue Besitzer die beiden schrägen Vögel überhaupt auf seinen Grund und Boden lassen würde!

Ich ertrug sein Geschwätz nicht mehr, nicht einmal für Storm, und ging den Weg zurück zum Markt.

Im Kontor hatte Storm inzwischen Besuch von Constanze bekommen. Als sie hörten, was mir Claas Detlevsen erzählt hatte, fragte Constanze ihren Verlobten, ob das jetzt nicht der richtige Moment für eine Kutschfahrt nach Eiderstedt sei.

»Ich habe keine Kutsche, Constanze«, sagte Storm.

»Aber dein Vater, Herzenstheodor«, sagte sie.

»Bis wir dort sind, werden sie längst wieder fort sein.«

»Meinst du? Sie zu Fuß und wir in der Kutsche? Wir werden sie auf halber Strecke überholen und dann im Staatshof auf sie warten.«

»Wieso eigentlich wir?«

Sie wurde schlagartig ernst. »Du willst mich doch nicht hierlassen?«

»Hör mal, Constanze ...«

»Du weißt schon, dass ich mich ohne dich hier zu Tode langweile.«

»Herr Söt, könnten Sie wohl in der Hohlen Gasse nach ein paar Kluntjes fragen?«

Als ich mit dem Zucker zurückkam, erklärte Storm, dass wir einen Ausflug nach Friedrichstadt machen würden, um seinen Vetter Fritz Stuhr zu besuchen, und unterwegs einen Abstecher zum Staatshof.

Constanze hatte gewonnen.

Dass ich in der Hohlen Gasse schon Bescheid gesagt hatte, dass wir heute die selten gefahrene Kutsche des alten Storm brauchen würden, behielt ich für mich.

Storm fuhr selbst, neben ihm seine Verlobte. Ich saß auf der Bank hinter ihnen. Aus den schmutziggrauen Wolken fielen ein paar Tropfen.

Wir fuhren über die Schleusenbrücke am Ende des Hafenbeckens nach Rödemis und weiter durch das Marschland nach Süden. Unter meiner Bank war eine Kiste mit Decken, die ich an Constanze und Storm verteilte. Die Räder drehten sich mühsam auf dem matschigen Grund. Falls Enna und Hinrich wirklich bei diesem Wetter zu Fuß unterwegs waren, dann würde Ennas Laune noch schlechter werden als ohnehin schon. Und Hinrich würde es ausbaden müssen.

Selbst Constanze fiel es schwer, dagegenzuhalten.

»Also, was ist das für ein Gut, dieser Staatshof?«, fragte sie.

»Er liegt ein Stück abseits von Koldenbüttel«, begann Storm.

Constanze unterbrach ihn: »Koldenbüttel?«

»Nördlich der Treene. Sie mündet etwas weiter, bei Friedrichstadt, in die Eider. Wir sind schon dort vorbeigekommen, wenn wir Fritz Stuhr besucht haben, erinnerst du dich?«

Storm und Constanze waren verwandt, ihre Mütter waren Schwestern. Eine dritte Schwester hatte den Kaufmann Stuhr in Friedrichstadt geheiratet. Ihr Sohn Fritz war ein paar Jahre älter als Storm und mochte seinen Vetter sehr.

»Diesen Hof haben wir aber nicht gesehen, oder?«

»Nein, da war ich das letzte Mal als Kind. Mein Vater hatte dort geschäftlich zu tun und nahm mich mit. Damals stand das alte Haus noch, es war aber schon ziemlich verfallen. Wir wurden an der Eingangstür vom Besitzer empfangen, dann ging es durch den Hausflur und von dort eine breite Treppe hinauf in die oberen Räume, in ein großes Zimmer mit goldgeblümten Tapeten, an denen alte Bilder mit weißgepuderten Männern und Frauen hingen.«

»So prächtig?«

»Du würdest dich wundern, Constanze, welche Pracht in diesen riesigen alten Höfen stecken kann, wie viel Geld auf Eiderstedt erwirtschaftet wird. Die Ochsen, die im Frühjahr ganz mager hierherkommen und den Sommer über auf den Weiden prall und fett werden, wiegt man im Herbst in Hamburg oder Berlin mit Gold auf. Die Höfe stehen hier alle einzeln für sich, prächtig und hoch in den Himmel gebaut, umgeben von all dem Land, das dem Bauern gehört. Und innen erst: In der Mitte der Vierkant, ein großer Raum, in dem das Heu gestapelt wird. Das Dach über ihm ruht auf mächtigen

Balken in allen vier Ecken des Raums. Um ihn herum sind dann die Ställe, die Arbeitsräume, die gute Stube, der Saal, die Schlafräume. Und das alles unter einem reetgedeckten Dach. Haubarg, so nennt man so ein Bauernhaus.«

»Also, da standst du nun mit deinem Vater im Saal dieses Haubargs und hast dir die Bilder angeschaut.«

»Ich war vier oder fünf Jahre alt, ich kann mich nicht mehr an viel erinnern. Auch nicht an den Hausherrn.«

»Theodor«, ich sah, wie sich Constanzes Rücken plötzlich straffte, »der Besitzer, das muss doch dieser van Ovens gewesen sein, diese schreckliche Geschichte. Was ist mit seiner Frau? Und seiner Tochter?«

»Nichts, Constanze. Keine Erinnerung. Da war eine festlich gedeckte Tafel, darüber ein Kristallkronleuchter, später sind wir im Garten gewesen. Clausen war auch dabei, wahrscheinlich ging er meinem Vater zur Hand. Ein Pavillon war dort, so viel weiß ich noch. Sonst ist alles sehr verschwommen.«

»Schade. Aber warum tut sich Enna das an, warum fährt sie dorthin, wo ihre Mutter ermordet wurde und sich ihr Vater erhängt hat?«

»Wie sie glaubt. Wie sie uns einreden will, Constanze!«

»Und wenn sie es glaubt: Was will sie dort?«

Der Rappe, der den Wagen zog, hatte es im aufgeweichten Boden immer schwerer, und Storm war ihm keine große Hilfe.

»Wenn sie kommt, um alte Erinnerungen aufzufrischen, kommt sie ein paar Jahre zu spät«, sagte Storm. »Ich weiß noch, wie sich in diesem Prachtsaal die Tapeten von den

Wänden lösten. Ich muss wohl auch meine Mutter laut gefragt haben, was das für Flecken an den Wänden seien. Ihr war das peinlich, wie sie mir später erzählt hat. Es war übrigens Schimmel.«

»War das Geld so knapp, trotz des Kristallkronleuchters?«

»Knapp geworden. Mein Vater hat mir gestern seine Akten zum Staatshof gegeben, nachdem er sie vorher um alles bereinigt hatte, was ich nicht sehen sollte. Er verwaltet ja nach dem Tod der beiden Söhne bis heute das Vermögen der Familie van Ovens. Und das nahm schon seit Napoleon und dem dänischen Staatsbankrott immer weiter ab. Einen Hof nach dem anderen haben sie verkaufen müssen, am Ende auch den Staatshof.«

»Was ist aus dem Hof geworden?«

»Abgerissen, das Gebäude war wohl nicht zu retten. Der jetzige Besitzer, ein Pferdehändler aus Dithmarschen, ein Herr Roß …«

Constanze kicherte.

»… er heißt wirklich so, Constanze. Er hat also ein modernes Haus gebaut. Jetzt stürmt es aber richtig, meinst du nicht? Zum Glück ist da vorn schon Koldenbüttel.«

Der Himmel war fast schwarz, unsere Decken waren klitschnass. Als Storm vorschlug, erst einmal im nahen Friedrichstadt Schutz zu suchen und den Abstecher zum Staatshof auf die Rückfahrt nach Husum zu verschieben, war ich dankbar.

Wir rollten über die Treenebrücke nach Friedrichstadt. Storm hielt die Kutsche vor einem Eckhaus an der Lohgerberstraße an. Constanze zog die Türglocke, ich blieb beim Wagen. Ein Diener öffnete das Tor zum Hof und fuhr die Kutsche hinein. Ich half ihm, den Rappen abzuschirren und zu versorgen, dann folgte ich ihm durch die Hintertür ins Haus.

»Nass draußen«, stellte der Diener fest. Er sah mich einen Moment mit unbewegter Miene an, dann reichte er mir ein Wolltuch, mit dem ich mich notdürftig trocken rieb. Mein Schreibzeug in dem kleinen Lederbeutel hatte nichts abbekommen.

»Du sollst nach oben gehen«, sagte der Diener und zeigte auf die große Treppe am Ende der Diele.

Ich hatte keine Mühe, den Raum zu finden, in dem Storm und Constanze waren. Ihre Stimmen drangen durch eine große, mit Schnitzereien verzierte Tür in den Flur. Als ich sie öffnete, sah ich die beiden auf einem Sofa, vor ihnen ein Tischchen mit Teekanne und Stövchen, daneben drei dünne Tassen, aus denen es dampfte.

»Kommen Sie, Söt, hier ist Tee für Sie.« Storm winkte mir. »Du erlaubst doch, Fritz?«

Ihm gegenüber saß auf einem zierlichen Holzstuhl ein stämmiger Mann um die dreißig, dem man den erfolgreichen Händler ansah, von der engen Weste, über die sich eine silberne Uhrkette spannte, bis zum feisten Gesicht mit dem gepflegten roten Backenbart. Auch er winkte mir zu, zeigte auf einen zweiten Stuhl und schenkte mir Tee, Sahne und eine bräunliche Flüssigkeit ein, die ich für Rum hielt.

Ich hätte am liebsten den bemalten Kachelofen in der Ecke

des Saals umarmt. Stattdessen setzte ich mich zu Storms Gastgeber, der sich nicht damit aufhielt, sich vorzustellen, sondern das unterbrochene Gespräch mit Storm und Constanze wieder aufnahm.

»Ich sage ja, sie hält sich fern von allem. Die Zeit, in der sie Empfänge gegeben hat, ist lange vorbei. Es würde mich wundern, wenn sie euch wirklich ins Haus lässt. Schon gar nicht unangemeldet. Ihr seid nicht die Einzigen, die dort umsonst vorsprechen.«

Seine Augen funkelten wie die eines Eichhörnchens.

»Wieso?«, fragte Storm.

»Wir glauben, es liegt an Anna Lena«, sagte Stuhr. »Ihrer Enkelin. Die alte van Ovens sorgt dafür, dass kein Verehrer mit ihr auch nur ein vertrauliches Wort wechseln kann.«

»Letztes Jahr in Husum habe ich noch mit ihr getanzt«, sagte Storm, und »so, so«, sagte Constanze.

»Vielleicht liegen wir auch falsch«, sagte Stuhr und rückte seine Weste zurecht.

Er erzählte noch von seinen Friedrichstädter Mitbürgern, die offenbar nach einer Wirtschaftsflaute gerade den Handel mit Senf und Flachs für sich entdeckt hatten, und Storm fragte nach gemeinsamen Freunden.

Obwohl Stuhr neugierig war, wie unser Besuch ausgehen würde, ließ er uns die wenigen Schritte zum Marktplatz allein gehen. Die Straßen waren regelmäßig angelegt, anders als in Husum, und auf der rechten Seite zeigte sich manchmal hinter den Häusern ein Kanal. Auf dem Marktplatz standen die hohen Treppengiebel dann dicht an dicht über den dezent vornehmen Fassaden. Manche Häuser trugen Wappen, ich sah im Vorübergehen einen Frosch und eine Mühle. Ein Teil der Fläche war gleichmäßig mit Linden bepflanzt. Spaziergänger sah ich in den Alleen an diesem Mittag nicht. Die Leute, die entschlossen über den offenen Marktplatz liefen, waren nicht in Eile, hatten aber offenbar auch keine Zeit zu verschenken. Jeder schien hier sein Geschäft zu haben.

Storm sah sich um. Dann lief er auf ein schmales Haus zu und winkte uns, ihm zu folgen.

Vor dem Haus standen Pfeilersteine aus Granit, die durch schwere eiserne Ketten miteinander verbunden waren, und vor den Fenstern Geranienbäume. Ein paar Schulkinder kamen gerannt, die Tornister mit den angebundenen Schreibtafeln auf den Rücken, setzten sich auf die Ketten, schaukelten wild und ließen dabei die Vorderfront des Hauses nicht aus den Augen. Plötzlich stoben sie davon. Ich bildete mir ein, hinter einem der geklöppelten Fenstervorhänge für einen Moment eine knochige Hand mit drohend ausgestrecktem Zeigefinger gesehen zu haben.

Storm läutete die Glocke.

Im Haus regte sich nichts.

Als wir fast schon entschlossen waren, zurück zu Fritz Stuhr zu gehen und ihm von dem Misserfolg zu berichten, kam eine alte Frau in abgerissenen Kleidern zielstrebig auf das Haus zugelaufen.

»Was wollt ihr?«, schrie sie uns an. Sie stand dicht vor uns; offenbar hatte sie sich Mut für ihren Auftritt angetrunken. Mit uns hatte der allerdings nichts zu tun, sie brüllte in Richtung des Fensters, in dem ich den Finger wahrgenommen hatte: »Na, Katharina, alte Freundin, was ist, willst du mich nicht begrüßen? Oder kennst du mich nicht mehr? Aber meine Wiesen und Äcker kennst du, die ich geerbt habe, ja? Die dein Vater für mich verwahren wollte? Klar kennst du sie, sie gehören ja jetzt dir!«

Die Alte war nicht gut zu verstehen, sie sprach, als ob sie kaum noch Zähne hätte, aber das glich sie durch Lautstärke aus. Um uns blieben Passanten stehen, andere winkten auffällig ab und gingen weiter. Offenbar kannten sie die Frau.

»Aber nein, aber nein«, grölte sie, schaute um sich und machte eine theatralische Pause, die geballten Fäuste in die Hüften gedrückt.

»Nein, dir gehört das ja alles nicht mehr. Hast es verschludert, bist bald genau so arm wie ich. Wir treffen uns in der Gosse, hörst du, in der Gosse! Und mit uns deine hübsche …«

Die Tür ging auf, ein kräftiger Mann in Uniform kam mit schnellem Schritt heraus und wollte nach der Betrunkenen greifen. Die schrie noch lauter als bisher: »Hilfe! Hilfe! Sie schickt ihre Mörderbande los! Hilfe!«

Storm winkte mir, aber Constanze war uns zuvorgekommen und stellte sich zwischen die beiden.

»Was haben Sie vor?«, fragte sie den Mann freundlich. Ihr Blick war kühl.

Er ließ seine Hand sinken, und endlich erkannte ich ihn wieder: Er war bei Frau van Ovens gewesen, damals, vor dem Kavalierhaus in Husum.

Die Schaulustigen, die bisher noch Abstand zu der Betrunkenen gehalten hatten, rückten näher heran.

»Simon!«

Durch den Lärm war die Stimme für uns kaum zu hören. Der Diener drehte sich zum Fenster, das nun ein Stück geöffnet war. Er musste wohl irgendein Zeichen empfangen haben, denn er deutete mit dem Finger erstaunt auf uns, dann nickte er und sagte höflich zu uns: »Frau van Ovens würde sich freuen, Sie zu empfangen.«

Die Betrunkene war zu überrascht, um ihr Geschrei fortzusetzen. Erst als Simon uns ins Haus vorangegangen und die Tür beinahe schon wieder zugefallen war, hörten wir hinter uns: »Haltet euer Geld fest! Passt bloß auf! Und lasst euch nicht vergiften!«

»Hier entlang«, sagte Simon und zeigte auf eine große Tür am Ende des Flurs.

Storm blieb stehen und musterte ein paar der Bilder, die dicht an dicht an den beiden Wänden hingen.

Dann folgten wir Simon in die Stube.

Acht

»›Sie wundern sich wohl‹, sagte sie, ›wie es hier unten bei mir aussieht. Aber oben in der Beletage habe ich meine Prunkgemächer! Einst, mein Herr Stadtsekretär, waren sie oft genug geöffnet! Karossen mit Rappen und Isabellen hielten vor meiner Tür, und Grafen und Generalkonsuln fremder Staaten haben an meiner Tafel gesessen!‹«

Theodor Storm, »Im Nachbarhaus links«

»Herr Storm!«

Die alte Dame war aufgestanden und kam uns mit ausgestreckten Händen entgegen.

»Wie schön! Sie haben lange gebraucht, bis Sie hierhergefunden haben. Schickt Sie Ihr Vater? Ich habe ihm oft gesagt, dass ich mich sehr über den Besuch seines Sohnes und Nachfolgers freuen würde. Das ist Fräulein Esmarch, nicht wahr?«

Ihre Hand schwebte, ganz ohne zu zittern, in der Nähe von Storms Brust. Wahrscheinlich war das eine Aufforderung. Als Storm nicht darauf einging, sie zu küssen, ließ Frau von Ovens sie wie selbstverständlich fallen und zeigte auf eine Reihe von altmodischen Mahagonistühlen rund um einen ovalen Tisch aus demselben Holz.

»Ich hatte nicht mit Ihnen gerechnet«, sagte sie, als alle saßen, »aber jetzt bereitet Lina Tee für Sie.«

»Verzeihen Sie, dass wir so unangemeldet erscheinen«, sagte Storm, »wir waren mit der Kutsche unterwegs und sind in einen Regen geraten.«

Das ist die idiotischste Einleitung, die er hätte vorbringen können, dachte ich. Wahrscheinlich dachte er es im selben Moment auch.

»Und was hatten Sie eigentlich vor?«, fragte Frau van Ovens freundlich.

Storm erzählte irgendetwas von der Landschaft, von Constanzes Besuch in Husum und dass sie möglichst viel von der Westküste kennenlernen sollte.

Constanze, danach gefragt, erzählte von ihrem Heim in Segeberg und von ihrem Vater, dem Bürgermeister Esmarch.

Mich schien Frau van Ovens nicht zu bemerken. Also schaute ich mich in der Stube um. Die Möbel waren tiefbraun und alt, wahrscheinlich sogar älter als ihre Besitzerin, an den Wänden hingen die Bilder ebenso dicht beieinander wie im Flur. Trotz des immer noch grauen Himmels und der geklöppelten Gardinen konnte ich einige Motive erkennen. Es waren kolorierte Kupferstiche und Aquarelle, galante Szenen mit Schäfern und Schäferinnen, norddeutsche Landschaften mit endlosen Weiden, auch ein paar Schiffe, deren Urheber es ersichtlich mehr auf die getreue Wiedergabe der Segel und Rümpfe abgesehen hatten als auf künstlerische Wirkung.

Auf einem Schränkchen neben meinem Stuhl stand eine

geöffnete alte Schatulle. Ich sah goldene Schaumünzen, seidene, bunt bemalte Fächer und oben auf dem Aufsatz der Schatulle zwei Pagoden von chinesischem Porzellan. Ich konnte das mit dem Auftritt der Betrunkenen nicht recht in Einklang bringen, mit der Drohung von Armut und Gosse.

Vielleicht stand die Schatulle deshalb offen.

»Herr Storm!«

Ich hatte die Magd mit dem Tee nicht kommen hören, jetzt stand sie mit dem Tablett in der Tür.

»Danke, stellen Sie es hier auf den Tisch«, sagte Frau van Ovens mit steinerner Miene, »wir bedienen uns selbst. Das heißt«, sagte sie zu Storm, »vielleicht mögen Sie?«

Im selben Moment war Lina zur Tür hinaus. Ich hatte sie lange nicht gesehen, aber obwohl sie älter geworden war, sah sie noch immer aus wie ein verschrecktes Kind. Eigentlich fast noch mehr als damals, als sie im Haus des alten Storm gedient hatte.

»Sie kennen sich, nicht wahr?«, sagte unsere Gastgeberin.

»Ja«, sagte Storm, noch immer überrascht. »Lina verließ uns, um zu heiraten. Ich hatte aber nicht gewusst, wohin sie gegangen ist.«

»Ja sie ist wohl Simons Charme verfallen, und er brachte sie hier ins Haus«, sagte Frau van Ovens. »Sie ist noch jung und muss noch viel lernen, aber sie gibt sich Mühe. Übrigens habe ich von dem tragischen Tod eines Dieners Ihres Vaters gehört. Der alte Clausen! Er ist mir in all den Jahren so vorgekommen, als gehörte er in der Hohlen Gasse schon zum Inventar. Es muss schlimm sein für Ihren Vater.«

Vor allem ist es schlimm für Clausen, dachte ich.

»Und dann haben Sie ja noch kuriosen Besuch bekommen, hörte ich.«

Storm tat gar nicht erst so, als ob er sie nicht verstünde.

»Darf ich fragen woher?«

»Ach, wissen Sie, so etwas spricht sich schnell herum.«

Ich vermutete Bürgermeister Kaup als Quelle.

»Also?«

Storm murmelte etwas von Mandanten und Verschwiegenheit.

Katharina van Ovens lachte hell auf. »Dann werde ich es Ihnen leichter machen. Soweit ich weiß, kann von einer Mandantin keine Rede sein, weil die junge Frau sie gar nicht mehr als Anwalt haben will. Sie haben sie gekränkt, wissen Sie? Sie ist sehr enttäuscht von Ihnen und hat sich bei mir über Sie beklagt.«

»Bei Ihnen?«

»Natürlich bei mir. Schließlich hält sie mich für ihre Großmutter. Was glauben Sie, wer sie zu Ihnen geschickt hat?«

»Zu mir? Sie kennen mich doch kaum!«

Storm war so verblüfft, dass er kaum noch höflich war.

»Erstens kenne ich Sie als ganz kleinen Jungen – wissen Sie noch, auf dem Staatshof? Sie brauchen gar nicht rot zu werden, Sie waren ein ganz entzückendes Kind.«

Die alte van Ovens kostete die Situation aus.

»Zweitens habe ich Frau Lorenzen, die hierherkam und

Ansprüche stellte, freundschaftlich geraten, sich in Husum einen Anwalt zu suchen. Und ihr den besten empfohlen.«

Storm lächelte geschmeichelt.

»Ihren Vater, den Advocat Storm. Frau Lorenzen muss das verwechselt haben.«

Sein Lächeln erlosch.

»Ich denke, Enna hat das ganz richtig gemacht«, sagte Constanze. »Und dann hat sie sich über Herrn Storm beklagt?«

»Sie kam hinterher noch einmal vorbei und machte eine Szene. Dass dieser – entschuldigen Sie, Herr Storm! – ›grüne Junge in seinem vermüllten Büro‹, wie sie fand, immer nur ›blöde Fragen‹ gestellt habe und so weiter. Ich erspare Ihnen den Rest. Ich habe mir das angehört und sie dann gefragt, was sie jetzt vorhabe. Sie sei jetzt ihr eigener Advocat, hat sie gesagt.«

»Sie ist gekommen, um Ihnen das zu sagen?«

»Nicht nur.«

Frau van Ovens griff geistesabwesend nach einer Glaskaraffe, nahm den Kristallverschluss ab und schaute fragend in die Runde. Storm und Constanze schüttelten leicht den Kopf, für mich war die Einladung ohnehin nicht gedacht gewesen. Die Alte seufzte, dann goss sie etwas in ein langstieliges Glas. Ein Duft nach Melisse breitete sich aus. Sie nahm einen Schluck und fuhr fort.

»Sie wollte natürlich Geld. Ich habe ihr etwas angeboten gegen das Versprechen, mich nie mehr zu belästigen, auch Anna Lena nicht.«

»Und?«

»Sie hat mich beschimpft und mir gedroht. Simon hat sie dann vor die Tür gesetzt. Mehr habe ich zu dieser Person nicht zu sagen.«

Constanze ließ nicht locker.

»Was halten Sie aber von ihrer Geschichte? Schließlich geht es niemanden mehr an als Sie.«

»Richtig, aber ich wüsste nicht, was wiederum Sie das angeht«, sagte die alte Frau.

»Meine Verlobte vielleicht nichts, mich aber schon«, sagte Storm.

»Sie? Ganz ohne Mandat?«, fragte van Ovens spöttisch.

»Nicht von Frau Lorenzen«, sagte Storm, »aber Bürgermeister Kaup unterstützt meine Untersuchung.«

»Wenn das so ist …« Die alte Frau lächelte, als glaubte sie ihm kein Wort. Dann wurde ihre Miene ernst. »Wissen Sie, diese entsetzliche Geschichte auf dem Staatshof ist jetzt zweiundzwanzig Jahre her. Mein Sohn Leonard ist neunzehn Jahre tot, sein Bruder Christian fünfzehn. Seit dieser Zeit bemühe ich mich, die Sache von meiner Enkelin fernzuhalten. Und jetzt kommt diese Frau hierher mit nichts in der Hand als dem Gefasel ihrer sterbenden Mutter, das sie vielleicht nicht einmal richtig verstanden hat, und führt sich als Millionenerbin auf. So sehe ich das. Und nun erwarte ich gelassen Ihre … Wie nannten Sie das vorhin? … Ihre Untersuchung. Bevor Sie anfangen« – sie klingelte mit einer Glocke, die neben ihr auf einer Kommode stand, und Simon erschien – »sollten wir Anna Lena zu uns rufen. Schließlich geht es um ihr Erbe. Simon?«

Während wir auf die junge Frau warteten, merkte ich erst, wie dunkel dieser Tag bereits geworden war. Außerdem knurrte mir der Magen. Was tue ich hier, dachte ich, und dass ich bei Bottilla und Marie sein sollte statt bei dieser völlig fruchtlosen Untersuchung.

Anna Lena erschien in einem einfachen blauen Kleid, das blonde Haar trug sie offen. Sie begrüßte uns, setzte sich still neben ihre Großmutter und raubte Storm einen guten Teil seiner Konzentration.

Dass er nicht viel in der Hand hatte, wusste er, und wahrscheinlich begann er seine Befragung deshalb so vorsichtig.

»Haben Sie Erinnerungen an Ihre Enkelin Elisabeth?«

»Natürlich. Für mich ist sie immer zwei Jahre alt geblieben.«

»Heute wäre sie einundzwanzig.«

»Falls sie noch am Leben ist, ja.«

»Glauben Sie das denn?«

Die alte Frau sah ihn müde an. »Nehmen Sie eine Tasse Tee, Herr Advocat. Haben Sie noch Fragen?«

Zum ersten Mal hatte ich Mitleid mit ihr.

»Dieser Tag vor bald zwanzig Jahren …«

»Sie meinen den Tag, als meine Schwiegertochter ermordet wurde?«

»Den Tag, ja.«

Die alte Frau sah an Storm vorbei auf ein Bild, das hinter ihm an der Wand hing.

»Was wollen Sie wissen?«

»Ihr Sohn hat sie gefunden.«

»Mein Sohn Leonard war mit mir über den Mittag in Friedrichstadt. Ich wollte eine alte Freundin besuchen, und er hat mich begleitet. Wenn er das nicht getan hätte, wäre vielleicht alles anders gekommen.«

»Er fuhr allein zurück?«

»Er ritt. Ich bin dann ohne ihn mit der Kutsche hinterhergefahren.« Auf Storms erstaunten Blick lachte sie hell auf. »Wir lernen das auf den Eiderstädter Höfen«, sagte sie. »Die Husumer Damen nicht?« So schnell, wie sich ihr Gesicht aufgehellt hatte, so schnell nahm es wieder den konzentrierten Ausdruck von zuvor an. »Als ich ankam, hielt Leonard fassungslos seine blutende Frau in den Armen. Er war dann selbst voller Blut und sah schrecklich aus.«

»Und die Dienstboten?«

»Ich habe geläutet. Sie waren auf den Feldern, beim Vieh, auf den Weiden. Irgendwann kamen sie dann herbeigerannt. Mehr weiß ich nicht.«

»Elisabeth …«

»Nichts.«

»Als Enna Lorenzen Sie jetzt besucht hat: Gab es irgendetwas an der jungen Frau, das Sie an Ihre Enkelin erinnert hat? An Elisabeth, meine ich«, fügte Storm nach einem Blick auf Anna Lena hastig hinzu, die tatsächlich rot geworden war.

»Wissen Sie, meine Augen sind trüb, aber noch gut genug, um in dieser seltsamen, groben Frau rein gar nichts von meiner Elisabeth wiederzufinden.«

Dass Ennas Karten schlecht standen, hatte Storm schon vorher gewusst. Eine konnte er noch für sie ausspielen, dann war Schluss. Was sie wert war, konnten wir unmöglich voraussagen.

»Haben Sie diesen Anhänger schon einmal gesehen?«

Er hielt ihr Clausens silbernes Medaillon hin.

Fünf Wachen, eine beim Tor, die anderen beobachteten, was sich vor den Mauern in den vier Himmelsrichtungen tat. Jeder hatte eine Fackel bei sich, die in einer Halterung auf der Mauerkrone steckte. Es würde bald dämmern, viel Zeit blieb ihr nicht.

Dass sie auf die anderen verschleppten Frauen nicht zählen konnte, war ihr klar geworden, nachdem sie selbst auf die Burg gebracht worden war. Sie waren ängstlich oder apathisch, auch ihre Schwester, sie erkannte sie kaum wieder. Und sie fielen um vor Müdigkeit.

Irgendwie musste sie an der Wache vorbeikommen, die von ihr aus am nächsten auf dem Wehrgang der Burg stand. Vier Leitern lehnten am Wall, aber bei jeder konnte immer eine Sprosse knacken, was man in der Nachtstille in der ganzen Burg hören würde. Sie umklammerte das Tuch fester, das sie in der linken Hand hielt, und setzte Fuß vor Fuß, bis sie an der Kiste vor dem Schuppen stand, in der das Futter für die Pferde aufbewahrt wurde. Das Holz trug sie. Von hier aus auf das Schuppendach. Sie sah nur wenig im Dunkeln, aber sie wurde auch nicht gesehen, so weit reichten die Fackeln nicht.

Langsam. Die Wache stand aufrecht hinter der Brüstung und sah ins Land hinaus. Jung oder alt? Jedenfalls halb einge-

schlafen, die Ellenbogen auf die Mauer gestützt. Sie kam näher, langsam und so dicht an den Wall geschmiegt wie möglich. Der Mann hatte sein Kettenhemd ausgezogen. Sie wartete, bis die Seevögel wieder schrien und seine Aufmerksamkeit auf sich zogen. Dann drückte sie ihm das Tuch vor den Mund und schlitzte ihm mit einem tiefen Schnitt die Kehle auf. Vollkommen lautlos. Das Blut sickerte noch lange in sein Wams aus fester Wolle.

Sie hielt ihn fest, bis er sich nicht mehr bewegte. Auch sie war jetzt blutverschmiert. Unsere Schweine sind nicht umsonst gestorben, dachte sie. Noch ein Schnitt, dachte sie. Dann kann Ove kommen.

Neun

»Wie ein eindringlicher Ruf, fast schneidend, klang es durch die Stille der Nacht; dann nach kurzer Pause folgte ein gellendes Gelächter.«

Theodor Storm, »Die Söhne des Senators«

Die alte Frau hatte sich den Anhänger von Storm geben lassen, die Augen zusammengekniffen und lange auf das Oval geschaut.

»Nein«, sagte sie dann, »das Medaillon kenne ich nicht.«

Natürlich.

»Woher haben Sie es?«

Storm zögerte kurz.

»Es gehörte Clausen«, sagte er dann.

»Clausen? Nun ja. Wie gesagt, ich kenne es nicht. Aber ich kann Ihnen sagen, was das Bild bedeutet, wenn es das darstellt, was ich glaube. Nur ist das keine schnell erzählte Geschichte, und schön ist sie auch nicht.«

»Wir würden sie gern hören«, sagte Constanze.

Frau van Ovens verzog keine Miene.

»Auf Eiderstedt kennt sie übrigens jedes Kind. Bei Fremden muss ich weiter ausholen.«

»Nur zu«, sagte Storm.

»Es ist gar nicht so lange her, da bestand das Land vor Friedrichstadt aus drei Teilen: Utholm, Everschop und Eiderstedt. Erst später wurden sie durch die Arbeit vieler Generationen von Deichbauern miteinander verbunden. Davor aber, als die große Flut von 1362 über Friesland hereinbrach und die alte Insel Strand auseinanderriss, machte sie auch eine Räuberschar heimatlos, die auf Strand gehaust hatte. Andere sagen, es seien Ritter gewesen, die sich in ihrer Not auf Seeräuberei verlegt hätten. Jedenfalls kamen sie auf der Suche nach einem Unterschlupf nach Westerhever, ganz im Nordwesten unseres Landes und damals noch eine Insel.

Die Männer errichteten nahe an der See eine Warft und bauten darauf aus Steinen und Holz die Wogenmannsburg. In einem geschützten Hafen ankerten ihre Schiffe, große und kleine, mit denen sie die See und die Küste unsicher machten. Die Bauern auf Westerhever, aber auch die auf den umliegenden Inseln und auf dem Festland, die durch die Flut Äcker, Weiden und Vieh verloren hatten, wurden nun von den Männern aus der Wogenmannsburg beraubt. Sie entführten den Bauern auch die Töchter und Mägde. Sie mussten in der Burg bleiben und den Knechten der Räuber zu Willen sein.

Als die Männer schon vierzehn junge Frauen bei sich gefangen hielten, setzten sich die Bauern zur Wehr. Ihr Anführer Ove Hering sammelte bewaffnete Männer aus Utholm und Everschop, um der Sache ein Ende zu machen. Das war im Jahr 1370, am Margarethentag, dem 20. Juli. Sie überfielen die Burg, aber sie hätten sie nicht eingenommen, wenn nicht eine der Gefangenen die Zugbrücke von innen für sie geöffnet und mit dem Schwert gegen die Räuber verteidigt hätte, bis Ove Herings Männer herangekommen waren. Das war Fentje Wolters, das Mädchen auf dem Bild.«

»Und dann?«, fragte Constanze.

»Dann? Was glauben Sie? Die Räuber und ihre Frauen, ihre Knechte und Mägde wurden gefangen genommen und gebunden. Um die Burg verlief ein Graben. Dort wurden die Frauen und Mägde ertränkt, alt oder jung, keine kam mit dem Leben davon. Ihren Männern schlug man den Kopf ab. Die vierzehn Frauen, die Ove Herings Leute befreit hatten, saßen auf der Burgmauer und sahen zu.«

»Und die Kinder?«, fragte Constanze leise. »Sicher hatten die Räuber auch Kinder?«

»Wahrscheinlich. Ich glaube aber nicht, dass sich irgendjemand um sie gekümmert hat, nachdem ihre Eltern hingerichtet worden waren.«

Was die Kinder mit ansehen mussten. Ich mochte mir das nicht vorstellen, auch nicht, was mit den vierzehn verschleppten Frauen geschah, die vielleicht Kinder in der Burg zur Welt gebracht hatten, die sie nun für ihr altes Leben zurücklassen mussten.

»Die Wogenmannsburg wurde zerstört, mit den Steinen wurde ein Stück entfernt die Kirche von Westerhever erbaut. Und später auf den Ruinen der Burg das Pastorat«, sagte Frau van Ovens.

»Was wurde aus Fentje Wolters und den anderen Frauen?«, fragte Anna Lena.

»Ich weiß es nicht, Kind«, sagte ihre Großmutter. »Übrigens ist es schon spät, und unsere Gäste aus Husum haben noch einen weiten Weg vor sich. Oder, Herr Storm?«

Frau van Ovens brachte uns mit ihrer Enkelin zur Tür, erkundigte sich noch, wie Storm bei seinen Ermittlungen weiter vorgehen wolle, was ihn einigermaßen in Verlegenheit brachte, und sah uns nach, als wir den Weg zu Stuhrs einschlugen, wo die Kutsche stand.

Es regnete leicht, und Storm beeilte sich, den Wagen abzuholen. Der Rappe war wieder frisch und kam mit dem matschigen Boden besser zurecht als auf dem Hinweg. Diesmal saß Constanze im Wagen und ich neben Storm. Es war später Nachmittag, die Sonne würde bald untergehen. Auf den Weiden schüttelten die struppigen Tiere ihr Fell.

»Was meinen Sie zu alldem, Söt?«, fragte Storm. »Sind wir nach dieser Räubergeschichte aus dem Mittelalter jetzt eigentlich weitergekommen, was den Mord an Clausen angeht?«

»Ich weiß es nicht. Vor allem frage ich mich immer noch, wer Ihnen das mit der Katzenpfote angetan hat und ob das mit Clausens Tod zusammenhängt.«

Es gab nicht viele, denen ich so etwas zutraute, und es gab einen, bei dem ich mir sicher war, dass er nicht zögern würde, ein Tier so grässlich leiden zu lassen, um seine Ziele zu erreichen. Ich hatte eine lange Geschichte mit ihm. Er hatte mir geholfen, aus dem Bauernhof zu fliehen, auf dem ich als unehelicher Sohn einer Magd geboren und groß geworden war. Dass er dafür von mir erwartete, ihn bei seinen Geschäften zu unterstützen, hatte ich erst gemerkt, als es zu spät war. In Husum hatte er sich als Gastwirt Johann Fenner getarnt und mit meiner Hilfe versucht, das Rathaus in die Luft zu sprengen, um sich an der Bürgerschaft zu rächen. Weil Storm und ich das vereitelt hatten, hätte Fenner gute Gründe, uns zu drohen.

»Immerhin wissen wir, dass es über die beiden Medaillons eine Verbindung zwischen Clausen und Enna Lorenzen gibt«, sagte Storm.

Nur dass wir dafür nicht nach Friedrichstadt hätten fahren müssen.

Ich erzählte Storm, dass ich Clausen am selben Morgen gesehen hatte, an dem Enna und Hinrich in sein Kontor gekommen waren, und dass ihn die beiden wohl erschreckt hätten.

»Schön, Söt«, sagte Storm, »vielleicht gibt es auch dadurch eine Verbindung. Aber ich habe keine Ahnung, was das sein könnte.«

Die Fahrt nach Husum kam mir endlos vor. Die Decke um meine Schultern war noch immer klamm, Storm und Constanze würde es nicht besser gehen. Immerhin hatte der Nieselregen aufgehört, und in der Dämmerung hörten wir wieder die Schreie der Seevögel.

Als wir in der Stadt ankamen, war es Nacht. In der Hohlen Gasse verabschiedete sich Constanze von uns, Storm kümmerte sich darum, dass der Rappe versorgt und die Kutsche im Hof untergebracht wurde.

Dann gingen wir in die Großstraße. Die Stablaterne in seiner Hand tanzte auf und ab. Es gab nichts zu bereden, wir kamen in diesem Fall nicht weiter. Storm würde es Kaup überlassen müssen, sich auf Clausens Tod einen Reim zu machen. Wahrscheinlich vergeblich.

Ich wollte mich von Storm verabschieden, als ich sah, dass wir erwartet wurden. Auf der Bank vor dem Haus saß Tostensen und kämpfte mit dem Schlaf, eine schwach leuchtende Laterne neben sich. Als wir näher kamen, raffte er sich auf.

»Nanu, Tostensen?«, sagte Storm. »So gemütlich ist es unter meinem Fenster doch nicht.«

Der Schlosswächter zeigte uns sein grämlichstes Gesicht, als seien wir persönlich schuld an jeder Unbequemlichkeit, die er in den letzten Stunden erleiden musste.

»Bürgermeister Kaup bittet um Ihren Besuch.«

»Jetzt noch?«, fragte Storm.

Tostensen nickte knapp und stand auf.

»Nun gut«, sagte Storm. »Dann gute Nacht, Herr Söt. Hoffentlich schläft die kleine Marie schon.«

»Nein«, sagte Tostensen, »das geht nicht. Ihr Schreiber soll mitkommen. Ausdrücklich.«

Er schlug mit der Laterne in der Hand den Weg durch den Schlossgang ein, um zum Kavalierhaus zu laufen. Zu uns drehte er sich nicht mehr um, wohl weil er sicher war, dass wir Kaups dringende Bitte auch befolgen würden.

»Was ist eigentlich los, Tostensen?«, rief ihm Storm hinterher.

»Noch ein Toter«, nuschelte der Schlosswächter. »Wenn Sie mehr wissen wollen, fragen Sie einfach Ihren Schreiber.«

Zehn

»›Ohm, bitte‹, sagte sie dann, löste die Hände auseinander und wies nach der Schatulle am Fenster, in deren Klappe ein Schlüssel steckte; ›ich habe ja noch die Briefe, ich darf sie auch wohl noch behalten; die oberste Schublade!‹«

Theodor Storm, »John Riew«

Auch der Schlosspark war nach dem Regen aufgeweicht, von den Blättern tropfte es, und wenn ich im Dunkeln einen Busch streifte, war ich an dieser Stelle klatschnass.

Zum Glück hatte Storm mich nicht gefragt, was es mit Tostensens Worten auf sich hatte, er wusste wohl, dass ich nichts darauf erwidern konnte. Dass ich ihm nichts verheimlichte. Das war das Wichtigste.

Über uns krächzten die Dohlen. Als Kind hatte ich mir vorgestellt, dass sie alles wüssten, was ich getan hatte, und dass sie es dem Bauern weitersagen würden. Die älteren Kinder auf dem Hof lachten mich dafür aus, oder sie schubsten mich in die Brennnesseln, mit heruntergezogener Hose. Das erzählten die Dohlen dem Bauern nicht, jedenfalls wurden die Älteren für so etwas nie bestraft.

Im Kavalierhaus wurden die Flure und die Wirtschaftsräume nicht geheizt. Wenn ich im Sommer bei Kaup gewesen war, hatte ich den Gang und die Treppe als angenehm kühl empfunden. Jetzt fror ich auf dem Weg ins Arbeitszimmer des Bürgermeisters. Und ich fühlte mich elend, wenn ich daran dachte, dass wir gleich von einem neuen Toten hören würden, womöglich von einem, den wir gekannt hatten, Storm und ich. Warum hätte Kaup uns sonst rufen lassen?

Allein waren wir nicht mit ihm. Auf einem Sessel in der Nähe des großen Schreibtischs saß eine Frau, die ich nicht gleich erkannte. Sie sah müde aus, als ob sie seit dem frühen Morgen hart gearbeitet hätte. Jetzt stand eine Teetasse vor ihr. Sie fuhr auf, als Storm mit mir im Schlepptau den Raum betrat.

»Die Herren«, sagte Kaup und zeigte über den Tisch hinweg auf das Sofa, das für Besucher bereitstand. »Tee?«

Ich hätte gern einen getrunken, aber Storm winkte für uns beide ab.

»Herr Tostensen sagte, es gebe einen guten Grund für Ihre späte Einladung. Wir waren beide den Tag über unterwegs und jetzt eigentlich schon auf dem Weg …«

»Es ist mir bewusst, Herr Storm, dass es schon fast Mitternacht ist. Machen wir es also kurz.«

Kaup wandte sich zu seiner Besucherin. »Frau Voss, erkennen Sie einen dieser Herren? Schauen Sie sie gründlich an, und lassen Sie sich Zeit.«

In diesem Moment wusste ich wieder, wo ich sie gesehen hatte.

»Ihn.« Sie zeigte auf mich. »Das ist der, von dem ich Ihnen erzählt habe. Kann ich gehen?«

»Natürlich, Frau Voss«, sagte Kaup. »Danke, dass Sie gekommen sind. Mein Wächter, Herr Tostensen, bringt Sie nach Hause. Gute Nacht!«

Sie schloss die Tür hinter sich.

»Herr Söt?« Kaup sah mich auffordernd an.

»Es stimmt, wir haben uns heute früh gesehen. Ich war in Claas Detlevsens Gasthof auf der Suche nach Enna und Hinrich, dem Paar, das gestern …«

»Ich weiß. Und Detlevsen?«

»Er hat mir das Zimmer gezeigt, in dem die beiden übernachtet haben.«

»Sonst nichts?«

»Er wusste, dass sie auf dem Weg zum Staatshof bei Koldenbüttel waren. Sonst nichts.«

»Wie lange ging das mit ihm?«

»Kennen Sie ihn, Herr Bürgermeister? Es hätte nach fünf Minuten zu Ende sein können und dauerte eine Stunde. Wenigstens kam es mir so vor.«

»Warum fragen Sie Herrn Söt das eigentlich?«, mischte sich Storm ein.

»Moment, bitte, Herr Storm. Und wann war das, Herr Söt, wann haben Sie den Gasthof verlassen?«

»Gegen elf. Wir haben auf der Straße noch ein paar Worte gewechselt.«

»Gut«, sagte er viel freundlicher. »Das passt.«

»Sagen Sie uns noch, wozu es passt?«, fragte Storm.

»Natürlich«, sagte Kaup. »Gestern Nachmittag wunderte sich der Fischhändler Quedens, dass Detlevsen ihn so lange warten ließ. Die beiden waren zu einem Ausflug nach Schwabstedt verabredet, mit Quedens' Kutsche.«

Wie sie mit der legendär baufälligen Kutsche und dem lahmen Gaul des Fischhändlers auch nur bis Mildstedt kommen wollten, blieb Quedens' Geheimnis.

»Er suchte im Gasthof nach ihm und fand ihn im Hinterhaus in dem Zimmer, das Detlevsen für sich nutzte. Der Wirt lag reglos auf dem Boden. Hitscher meint, dass er da schon eine Weile tot war. Offenbar wurde er erdrosselt.«

Ich brachte es nicht fertig, mir den redseligen Detlevsen so vorzustellen. Auch Storm wirkte erschüttert.

»Das ist schrecklich«, sagte er. »Was werden Sie jetzt tun?«

»Ich lasse Sie jetzt erstmal ins Bett gehen. Überlegen Sie doch bitte, Herr Söt, wer Sie mit Detlevsen zusammen auf der Straße gesehen haben könnte. Das hat aber keine Eile.«

»Und was den Mord angeht?«

»Den zweiten Mord innerhalb weniger Stunden, meinen Sie, Herr Advocat?«

Kaup klang beinahe, als machte er Storm persönlich dafür verantwortlich.

»Sie berichten mir morgen, was Sie bisher herausgefunden haben, und dann werde ich mich mit dem Amtmann beraten. Er wird außer sich sein. Wahrscheinlich werden wir auch einen Bericht nach Kopenhagen schreiben müssen.«

Genau das hatte Storm seinem Vater ersparen wollen.

»Vielleicht lassen Sie mich doch noch etwas weiterermitteln, Herr Bürgermeister, bevor Sie mit Amtmann Krogh sprechen? Wir sind gestern auf eine vielversprechende Spur gestoßen«, sagte Storm, und ich konnte nur hoffen, dass er damit nicht die Medaillons meinte, für die ihn Kaup vermutlich rundweg ausgelacht hätte.

»Mit Krogh muss ich sprechen, das wissen Sie so gut wie ich, Herr Advocat. Zwei Morde in unserer ebenso friedlichen wie geschwätzigen Stadt! Wenn ich nicht morgen Mittag beim Amtmann stehe, sobald er aufgewacht ist, werden ihm fünf andere davon erzählen, und er wird mich rufen lassen. Also, es bleibt dabei: Wir reden morgen um neun über Ihre – wie sagten Sie? – vielversprechende Spur. Und entscheiden dann. Gute Nacht!«

»Herr Advocat«, begann ich, als wir fröstelnd wieder durch den dunklen Schlosspark liefen.

»Ich weiß, Herr Söt. Wir haben nicht viel in der Hand. Aber glauben Sie wirklich, dass dieser Mord und der an Clausen nichts miteinander zu tun haben?«

Aus einem Gebüsch, an dem wir vorbeiliefen, kam ein Knurren. Ich wich aus und wünschte mir, endlich bei Bottilla und Marie zu sein.

»Ich würde jedenfalls gern einmal dieses Zimmer sehen, das Detlevsen für sich zurückbehalten hat.«

Das hatte ich befürchtet.

»Nicht mehr heute Nacht. Aber können Sie mich morgen früh um sieben in der Kanzlei abholen?«

Weil ich zögerte, fügte er rasch hinzu: »Den Rest des Tages haben Sie frei.«

Am nächsten Morgen war es nicht viel wärmer. Die Sonne stand knapp über dem Horizont, kam aber gegen den verschleierten Himmel noch nicht an. Wenigstens hatte der Regen aufgehört, und in einem Vorgarten in Osterende blühten die Krokusse. Wenn sich der Besitzer die Blumen aus dem Schlossgarten geholt haben sollte, würde ihm das niemand nachweisen können.

Unterwegs waren nur wenige. Wer an diesem Tag auf dem Feld zu tun hatte, war wohl schon dorthin gegangen. Außer Schulkindern begegnete uns nur eine alte Frau, die eine Stange quer auf den Schultern trug, von der zwei Eimer hingen. Detlevsens Gasthof lag noch still, nur aus dem Hof brüllte ein Rind. Wie die meisten Häuser der Stadt hatte er eine schmale Vorderfront und eine beachtliche Tiefe. Die wenigen Fenster zur Straße waren dunkel. Eine dünne Glockenschnur hing neben der Tür.

Ich war gespannt, wie Storm erklären würde, was wir vorhatten. Wahrscheinlich wusste er es selbst noch nicht.

»Ich darf niemanden reinlassen«, hörten wir hinter der Tür, nachdem Storm die Glocke gezogen hatte.

»Es ist wichtig!«, rief Storm.

Täuschte ich mich, oder regte sich etwas im Nachbarhaus, gleich links vom Gasthof, getrennt nur durch einen dünnen Zaun?

»Gehen Sie bitte! Das Haus ist geschlossen!«

Storm schien sich zu konzentrieren.

»Frau Voss, sind Sie das?«

Stille. Dann: »Warum wollen Sie das wissen?«

»Frau Voss, erinnern Sie sich? Advocat Storm. Wir sind uns gestern Abend bei Bürgermeister Kaup begegnet. Ich unterstütze ihn dabei, diese schreckliche Sache aufzuklären und zu verhindern, dass noch mehr Menschen sterben müssen.«

Wie verzweifelt musste er sein, um mit ihr zu sprechen wie die Menschen in Doris Stamps Leihbüchereiromanen. Und wie verzweifelt erst, wenn wir trotzdem mit leeren Händen in die Kanzlei zurückkehren würden.

Ein leises »Ja, ich erkenne Sie«.

»Würden Sie dann bitte die Tür für mich öffnen? Ich brauche nur einen Moment.«

Ich hörte, wie ein Riegel zurückgeschoben wurde. Es war auch höchste Zeit, den aufmerksamen Nachbarn links von dieser Vorstellung auszuschließen.

Als sie sah, dass Storm nicht allein war, stutzte Margret Voss, und als sie dann auch noch mich erkannte, den Mann, der von Bürgermeister Kaup offenbar verdächtigt wurde, mit dem Mord an ihrem Herrn zu tun zu haben, wollte sie die Tür wieder schließen.

Storm setzte beiläufig den Fuß in die Tür. An diesem Morgen entdeckte ich ganz neue Seiten an ihm.

»Danke, dass Sie uns hereinlassen, Frau Voss«, sagte er, während sie etwas in den Gang zurückwich. »Meinen Schreiber Peter Söt haben Sie ja schon gestern kennengelernt.«

In ihren Augen stand: Ja, leider.

»Eine schlimme Geschichte ist das«, redete Storm weiter drauflos. »Könnten Sie uns bitte den Raum zeigen, in dem Herr Detlevsen gefunden worden ist?«

»Warum wollen Sie den sehen?«, fragte sie.

»Wir hoffen, dort Hinweise auf den Mörder zu finden«, sagte Storm.

»Dann kommen Sie mit«, sagte sie.

Sie führte uns den Gang entlang bis ans Ende des Hauses und zeigte auf eine Zimmertür.

Storm ging voraus. Der Raum hatte ein einziges Fenster, das vergittert war und durch das nicht viel Licht drang. Auf einem Tisch stand ein Leuchter mit einer Kerze. Das Zimmer wirkte einfach eingerichtet, besaß aber tatsächlich einen Kamin, in dem noch ein schwaches Feuer schwelte. Storm blies hinein, nahm einen Span und entzündete den Kerzendocht.

Ein Bett, ein Holzregal mit verschnürten Mappen, ein Waschkrug. Auf dem Boden und dem Bett je ein Schaffell.

»Also, Herr Söt, was meinen Sie dazu?«

Offenbar war ich in seinen Augen inzwischen zum Experten für fremde Wohnräume geworden.

»Wir sind nicht die Ersten, die hier etwas suchen.«

»Wieso?«

»Herr Detlevsen war eine schreckliche Quasselstrippe, aber in seinem Gasthof herrschte Ordnung. Sehen Sie: In diesem Zimmer ist das Bett nicht gemacht, dort auf dem Boden liegt ein Halstuch, die Schublade am Tisch ist halb aufgezogen, und sehen Sie, wie nachlässig die Bänder an den Mappen angebracht sind. Eines ist sogar ganz geöffnet.«

»Dann sollten wir uns auch umsehen.«

»Wonach?«

»Wonach Sie wollen, Söt. Deshalb habe ich Sie mitgenommen. Nur müssen wir uns beeilen, ich denke, allzu lange wird man uns hier nicht stöbern lassen.«

Storm begann mit den Mappen, ich schaute unter dem Bett und klopfte die Dielen nach verborgenen Hohlräumen ab. Manchmal pfiff Storm überrascht durch die Zähne und zeigte mir ein Blatt aus einer der Mappen: Detlevsen hatte ziemlich ungeschickt nordfriesische Landschaften und Ansichten einzelner Straßen und Häuser Husums gezeichnet. Eines dieser Bilder faltete Storm zusammen und nahm es mit. Eine Mappe enthielt Aktbilder mit abgewandten oder unkenntlich gemachten Gesichtern. In den anderen waren Briefe, Verträge über Grundstückskäufe oder -verkäufe und Quittungen oder Schuldscheine. Später sagte mir Storm, dass Detlevsen Ansprüche an seine Nachbarn hatte, die zusammen genommen den Wert einer Weide in guter Lage ergaben.

Hatte der Wirt und Geldverleiher irgendjemandem seine Bilder gezeigt?

»Hatte Detlevsen eigentlich Familie?«, fragte ich Storm.

»Verheiratet war er nicht, soweit ich weiß.«

»Und haben wir nun gefunden, wonach wir suchen?«

»Mal sehen«, sagte Storm. Zufrieden sah er nicht aus.

Als Letztes nahm ich mir die Schublade vor. Auch sie war vollgestopft: Spielkarten, Nähzeug, ein Rasierpinsel mit Messer, eine Ausgabe des Husumer Wochenblatts, in der Detlevsen Anstreichungen gemacht hatte, und einige Münzen. Die Schublade klemmte, und ich musste mich anstrengen, sie ganz herauszuziehen. Im Zwischenraum steckten die abgerissenen Enden von vier oder fünf beschriebenen Papierbogen; jemand musste die Blätter ungeduldig an sich gebracht und dabei beschädigt haben. Ich zeigte sie Storm, der sie aufmerksam durchsah, und verwahrte sie dann in dem Lederbeutel mit meinem Schreibzeug.

»Jetzt ist es gleich so weit, schätze ich«, sagte Storm. »Ich bin nur gespannt, wen er mitbringt.«

Auch ich hatte die Schritte auf dem Korridor gehört.

Storms Blick ging zu dem vergitterten Fenster. Dann öffnete er die Tür.

»Kommen Sie herein.«

Dafür war das Zimmer zu eng. Hinter Kaup, der Storm und mich mit undurchdringlicher Miene ansah, standen Tostensen und Margret Voss. Und hinter ihnen Storms Vater.

»Sie können sicher erklären«, sagte Kaup, »warum Sie in diese Kammer eindringen und sich dabei auf mich berufen. Wer weiß, was Sie hier noch angestellt hätten, wenn mich Frau Voss nicht gleich geholt hätte.«

»Herr Bürgermeister ...«

»Eigentlich gehören Sie dafür ins Schloss, in eine der Arrestzellen.«

Über Tostensens Gesicht ging ein Leuchten.

»Und Sie, Herr Söt«, sagte Kaup, »sollten sich besser überlegen, welche Anweisungen Sie ausführen und welche nicht.«

»Herr Söt kann nichts dafür.«

»Da sind wir uns einig, Herr Advocat.«

»Mein Sohn entschuldigt sich bei Ihnen, Frau Voss, für seinen Übereifer«, sagte der alte Storm. »Er wollte Sie nicht bedrängen. Es geht ihm einzig darum, dieses schreckliche Verbrechen aufzuklären.«

»Dass es damit nicht getan ist, wissen Sie,« sagte Kaup. »Schon gar nicht, wenn dabei Sie für Ihren Sohn sprechen müssen.«

»Muss er nicht,« sagte Storm. »Trotzdem danke, Vater. Ich kann dazu nur sagen, dass ich auch nach meiner eigenmächtigen Suche hier nicht weiß, wer den Wirt umgebracht hat.«

Er machte eine Kunstpause.

»Aber ich weiß jetzt, warum.«

Elf

»Es mochte nicht viel helfen, dass mein Vater den miserablen Kerl zur Tür hinauswarf; es wurde vielleicht nur um desto mehr geglaubt.«

Theodor Storm, »Im Brauerhause«

Auf dem Weg ins Kavalierhaus fragte Storm, warum Kaup seinen Vater mit nach Osterende genommen habe, und Kaup meinte, er habe das lehrreich für beide gefunden: den Vater wie den Sohn. Der alte Storm murmelte, Neues habe er dabei leider nicht gelernt, und sein Sohn sagte, er dagegen sei beeindruckt von der Entschuldigung gewesen, die sein Vater stellvertretend für ihn abgegeben habe. Kaup meinte, er solle sich auf ein gehöriges Nachspiel gefasst machen, falls er nicht gleich eine außerordentliche Lösung für den Fall präsentieren könne.

Im Kavalierhaus erzählte Storm von unserer Suche in Detlevsens Zimmer.

»Die Frage ist, wer dort war, während oder nachdem der Wirt ermordet wurde, und dort herumgewühlt hat«, sagte er.

»Zwei davon sind mir bekannt«, sagte Kaup grimmig.

»Es könnte jeder sein, der geschickt genug ist, unbemerkt

an Margret vorbeizukommen. Einer von Detlevsens vielen Schuldigern etwa. Den Schuldschein verschwinden lassen, und wenn er von Detlevsen überrascht wird, erdrosselt er ihn mit einem Strick.«

»Da müsste es schon um eine hohe Summe gehen, um dafür zu morden«, sagte der alte Storm.

»Mag sein, Vater. Obwohl auch so viel Hass und Scham dazukommen könnten, dass es für einen Mord reicht.«

»Was du da redest, Theodor!«

»Außerdem habe ich das hier gefunden.«

Storm holte das Bild heraus, das er aus Detlevsens Zimmer mitgenommen hatte, und breitete es auf Kaups Tisch aus. Die flüchtige Zeichnung zeigte Enna. Ihr breites Gesicht war leicht zu erkennen, aber ihr Ausdruck war ganz anders als der, den wir in Storms Kontor erlebt hatten. Auf der Zeichnung schaute Enna freundlich und geduldig den Wirt an, vor sich ein Glas mit einer dunklen Flüssigkeit, die Hände auf dem Schoß gefaltet.

»Das ist mehr als eine flüchtige Bekanntschaft, meinen Sie nicht? Sie haben wohl beisammengesessen, geredet, Detlevsen sicher mehr als seine Gäste, aber auch Enna ist ja nicht gerade maulfaul. Er wird sie gefragt haben, was sie und Hinrich in Husum vorhätten, und mag sein, dass sie spät am Abend mit dem Grund herausgerückt ist.«

»Und Detlevsen, dieser heimliche Künstler, zeichnet und hört seinen Gästen zu?« sagte Kaup skeptisch.

»Dass er sie wenigstens gezeichnet hat, beweist das Blatt. Das Anhören brisanter Pläne natürlich nicht.«

Wenigstens hatte er mir gegenüber so getan, als wäre er sich mit Enna geradezu feind gewesen. Die Zeichnung passte dazu nicht.

»Nun aber zum wichtigsten Fund, Herr Söt hat ihn gemacht. Zeigen Sie ihn uns, bitte.«

Ich öffnete den Lederbeutel und legte die abgerissenen Papierstücke auf den Tisch. Kaup nahm sich eines und hielt es sich vor die Augen. Dann legte er es zurück.

»Und was beweisen die?«, fragte er.

»Sie haben recht«, sagte Storm, »als Beweisstücke sind sie wenig zu gebrauchen. Aber schauen Sie dieses an, es hat an der Kante, an der es abgerissen wurde, noch am meisten Schrift.«

Wir beugten uns über diesen Papierfetzen und über die anderen. Auf einem konnte man zwischen vielem anderen die Silben »vens« entziffern, »atshof« und »eggeführt«, auf einem zweiten stand »mat«, »beth« und »träglich«, auf dem größten »lich 5 Thr./Gd.«.

»Wenn es das ist, was ich denke«, sagte Kaup, »dann ist das der erste Hinweis darauf, dass an Ennas verrückter Geschichte etwas dran sein könnte.«

»Wollen Sie es mir bitte erklären«, sagte der alte Storm. »Ich verstehe nämlich rein gar nichts.«

»Die Blätter sind entzweigerissen«, sagte Kaup, »daher enthalten sie nur einzelne Silben.«

»Was Sie nicht sagen«, murmelte der alte Storm gut hörbar.

»Ich lese da die Reste der Wörter ›van Ovens‹, ›Staatshof‹ und vielleicht ›Demat‹ – Herr Söt, Sie können das nicht wissen, das ist in unserer Gegend das gebräuchlichste Flächenmaß.«

Nein, dachte ich, wie sollte ich das wissen? Ich lebe ja erst zwei Jahre hier und schreibe in der Kanzlei ständig Vertragstexte über landwirtschaftliche Flächen ab! Aber für Kaup und die meisten Husumer war ich noch immer der Zugereiste, dem man alles erklären musste.

Storm griff nach den Fetzen. »Am wichtigsten sind die Silben, die ich als ›Elisabeth‹ und ›jährlich 5 Taler in Gold‹ lese. Nichts davon beweist, für sich genommen, dass Ennas Geschichte stimmt. Aber alle zusammen?«

Er schaute in die Runde und erwartete wohl Beifall.

Kaup sagte als Erster etwas.

»Schön, Herr Advocat. Ich bin beeindruckt. Was ich aber nicht verstehe: Was für eine Art von Schriftstück soll das sein, dessen Reste Sie da in der Hand haben? Und was hat der Wirt damit zu tun? Warum steckte es in seiner Schublade?«

»Beides weiß ich nicht. Ich kann es nur vermuten: Ein Dokument vielleicht, das den ganzen Fall schildert und belegen soll, dass Enna Elisabeth ist? Ein Beweis für ihre Ansprüche? Wie es in die Schublade des Wirts kommt: Keine Ahnung. Höchstens, dass der Wirt ein Komplize der beiden war, eingeweiht in den Plan, Enna zu ihrem Recht zu verhelfen. Und der das Dokument für sie aufbewahren sollte für den Fall, dass jemand es ihnen abnehmen wollte – die alte Frau van Ovens zum Beispiel.«

»Ich verstehe. Dann wird der Wirt ermordet, der Mörder rafft die in der Schublade eingeklemmten Blätter an sich und reißt in der Eile dabei die Ecken ab, die in der Lade bleiben, wo Ihr Schreiber sie findet. Wer war das?«

»Jemand, der etwas dagegen hat, dass Enna mit ihren Ansprüchen Recht bekommt«, sagte Storm. »Seit gestern weiß ich, dass Enna zweimal bei Frau van Ovens war, um sie zu erpressen. Gegen eine bestimmte Summe würde sie von hier verschwinden. Falls nun dieses Dokument in der Schublade …«

»Von dem wir nur ein paar Silben kennen«, unterbrach ihn Kaup.

»… falls nun dieses Dokument tatsächlich alles ist, was Enna für ihre Erpressung einsetzen kann, dann müsste der alten van Ovens jedes Mittel recht sein, die Papiere zu bekommen – auch für Anna Lena. Sie schickt also ihre Leute los, wahrscheinlich diesen Schläger Simon. Dann geht etwas schief, Detlevsen wird erdrosselt, und Simon kommt mit den angerissenen Seiten zurück nach Friedrichstadt. Womöglich würde man sie bei der van Ovens finden. Wenn sie nicht schon vernichtet sind.«

»Tja«, sagte der alte Storm, »das ist ja alles ganz schön. Aber für die Elisabeth van Ovens, die ich seit der Zeit kenne, als du noch nicht geboren warst, Theodor – für diese Frau van Ovens würde so etwas nicht angehen. Schon gar nicht so stümperhaft – etwas geht schief, der Wirt wird erdrosselt, die Seiten, um die es eigentlich geht, werden durchgerissen, ich bitte dich! Außerdem gibt es noch einen Grund, den ich aber für mich behalten muss, der es völlig unmöglich macht, dass sie hinter der Sache steckt. Und noch etwas: Wie passt der Giftmord an Clausen in deine Theorie?«

Eben hatte sein Sohn noch beinahe euphorisch gewirkt. Jetzt saß er in seiner Ecke des Sofas und zuckte die Achseln. Dass sein Vater ihm etwas vorenthielt, was in diesem Fall offenbar alles änderte, machte ihn zornig und resigniert zugleich.

Ich hätte nicht erwartet, dass ihm ausgerechnet Kaup wieder zu Hilfe kam.

»Das ist doch ganz einfach«, sagte er. »Fragen wir diese Enna und ihren Hinrich. Das wird auch Amtmann Krogh so sehen. Am besten gehen Sie gleich auf die Suche nach ihnen, Herr Advocat. Herrn Söt nehmen Sie mit. Und bitte raten Sie den beiden, vorsichtig zu sein. Ich fürchte, dass Sie und Ihr Schreiber nicht die Einzigen sind, die die Millionenerbin in die Finger bekommen möchten.«

Zwölf

»Ich schlenderte behaglich weiter; mehr die Augen in die Ferne, als nach dem gerichtet, was etwa neben mir am Wege zwischen Gräsern und rotblühenden Nesseln gaukeln mochte. So war, ohne dass ich es merkte, der halbe Nachmittag dahin.«

Theodor Storm, »Auf der Universität«

Als ich vor zwei Jahren meinen Dienst bei Theodor Storm angetreten hatte, gab es für mich so gut wie nichts zu tun. Ich war sein Schreiber und hatte mein Pult in seinem Kontor, aber Klienten fanden selten den Weg zu ihm. Also schrieb ich Noten ab, die er für seinen frisch gegründeten Chor brauchte, oder Sagen und Märchen, die er in der Umgebung gesammelt hatte und veröffentlichen wollte. Seine Gedichte schrieb er selbst.

Manchmal war er nervös und niedergeschlagen. Dann zog er sich in sein Zimmer zurück, das hinter dem Kontor lag, um zu lesen oder zu schlafen, ich weiß es nicht. Oder er kam in Plauderstimmung, machte Tee für uns beide und erzählte mir, dass Husum eigentlich zu klein für die vier Advocaten der Stadt sei und dass er vielleicht etwas ganz anderes machen würde, irgendwann, womöglich schon bald. Bisweilen gab es tatsächlich einen Fall zu bearbeiten, dann hatte er viel zu tun und ich mit ihm. Aber im Grunde war Storm als Anwalt in meinem ersten Jahr in Husum kaum gefragt.

Inzwischen war das anders. Er hatte immer noch längst nicht genug Klienten, doch es kamen mehr zu ihm als am Anfang. Auch weil sich herumgesprochen hatte, dass er beim Honorar mit sich reden ließ. An manchen Tagen war ich nun von morgens bis abends im Kontor, hielt Aussagen fest, kopierte Akten oder schrieb nach Storms Diktat Stellungnahmen zu Fällen, die vor Gericht verhandelt wurden. Dann sah ich Bottilla kaum. Und Marie nur, wenn sie nachts brüllte und ich sie im Haus herumtrug, bis sie wieder eingeschlafen war.

Dass wir Enna und Hinrich suchen sollten, hatte Kaup gesagt, allerdings nicht, wie. Ich hatte keine Idee.

Auf dem Weg zum Kontor fragte Storm seinen Vater nach der Kutsche und bat mich, ihn eine Stunde später vor dem Packhaus in der Hohlen Gasse zu treffen. Es hatte wieder leicht zu schneien angefangen, die Flocken schmolzen, sobald sie den schlammigen Boden des Schlossparks erreicht hatten. Die Marktfrauen vor der Marienkirche bauten ihre Stände ab, Schulkinder blieben auf dem Heimweg stehen und fingen die wässrigen Schneeflocken mit der Zunge auf, und aus der Schwan-Apotheke kam eine junge Frau mit einem dicken Schal vor dem Gesicht und einem Beutel in der Hand, die zielstrebig quer über den Markt in Richtung Krämerstraße ging. Da ich denselben Weg hatte, sah ich ihr nach, wie sie rechts abbog, am Hafenbecken entlanglief und schließlich am Anleger bei einem winzigen Segelboot haltmachte. Sie wechselte ein paar Worte mit einem Mann und kam dann zu ihm an Bord. Soweit ich sehen konnte, machte er sich an den Tauen zu schaffen, und ich setzte meinen Weg nach Rödemis fort.

Ob ich sagen könne, wann ich wiederkäme, fragte Julie.

Das konnte ich nicht.

Aus dem Schneefall war Nieselregen geworden. Über die Kutsche war jetzt eine Plane gespannt. Ich legte mein Bündel unter die Sitzbank und wartete auf Storm, mit mir sein Vater, immer noch sichtlich angeschlagen seit Clausens Tod.

Er redete gewöhnlich nicht viel mit mir, umso erstaunter war ich, als er mich unvermittelt ansprach. Dass er von mir Diskretion erwarte, sagte er, und dass es mir vielleicht gelinge, seinen Sohn von allzu gefährlichen Aktionen abzubringen. Ich nickte.

»Schließlich sind Sie beide ja nicht allein unterwegs«, fügte er noch hinzu.

Während ich mich fragte, was das nun wieder sollte, öffnete sich die Hintertür zum Hof. Storm trug zwei Bündel. Neben ihm ging Constanze.

Der alte Storm grüßte zu Sohn und Nichte hinüber, öffnete den Mund, wie um noch etwas zu sagen, dann schloss er ihn wieder und ging an den beiden vorbei ins Haus.

»Möchten Sie vielleicht fahren, Herr Söt?« Storm zeigte auf den Kutschbock und setzte sich selbst neben Constanze auf die Bank.

»Wenn ich es nicht besser wüsste«, sagte Constanze, »dann würde ich glauben, auf dem Weg von Husum nach Friedrichstadt sei immer so unfreundliches Wetter.«

»Wohin fahren wir? Noch ein Besuch bei Frau van Ovens?«, fragte ich. Offenbar hatte Storm einen Plan für die Suche nach Enna und Hinrich, den ich nicht kannte.

»Erstmal nicht«, sagte Storm.

»Wohin dann?«

»Dorthin, wo alles angefangen hat, auf den Staatshof.«

»Der inzwischen abgerissen ist?«

»Nicht ganz«, sagte Storm. »Der schöne Garten, der den Staatshof damals umgeben hat, ist wohl noch so geblieben, wie er war. Außerdem hat der neue Besitzer die alte Wieb und ihren Marten behalten, die dort schon unter dem armen Leonard van Ovens gedient haben – Wieb in der Küche, Marten als Verwalter.«

»Woher …«

»Mein Vater, natürlich. In diesen Dingen macht ihm keiner etwas vor.«

Ich gab dem Rappen das Zeichen, wie ich es früher auf dem Hof meines Vaters gelernt hatte, und das Pferd trabte los. Hinter mir hörte ich Storm und Constanze leise reden, es ging eindeutig nicht um Enna und ihre Ansprüche, und ich bemühte mich, nicht auf die beiden zu achten. Der Regen hatte aufgehört, die Wolkendecke bekam allmählich Löcher, und ich konzentrierte mich auf den Weg, um nicht stecken zu bleiben und es dem Pferd möglichst leicht zu machen.

Von Storm hörte ich erst wieder, als er mir bei Koldenbüttel die Abzweigung zum Staatshof zeigte. Es war Nachmittag, die Sonne schien mittlerweile so warm, dass ich anhielt, das

Verdeck vom Wagen löste und verstaute. Auf dem Boden glitzerten Pfützen in der Sonne.

Wir fuhren über den ebenen Marschweg, der an einer Seite von einem Wassergraben und dahinter von einer Reihe großer Silberpappeln begrenzt wurde, die ich schon von weitem gesehen hatte. Das flache Land war durchzogen von einem Netz solcher regelmäßig angelegten Gräben, soweit ich sehen konnte. Ganz entfernt hörte ich zwischen den Hufschlägen des Rappens das Meer.

Links öffnete sich die Baumreihe zu einem Tor, das offen stand. Storm rief mir von hinten zu, hier abzubiegen, und so rollten wir auf ein modernes Haus zu, das von ebenso neuen Wirtschaftsgebäuden umgeben war.

Ein drahtiger alter Mann kam aus dem Wohnhaus. Ich hielt die Kutsche an, und Storm sprang hinaus. »Marten! Sie müssen Marten sein, oder?«, rief er und strahlte den Alten an.

»Wir haben eben gehört, dass Sie kommen, Herr Advocat«, sagte Marten. »Der Bote Ihres Vaters sitzt noch bei meiner Frau in der Küche und erholt sich von dem schnellen Ritt. Leider ist unser Herr in seinem Stadthaus in Meldorf. Er wird es sehr bedauern, Sie verpasst zu haben.«

Constanze war inzwischen aus dem Wagen gekommen, ohne auf Storms Hilfe zu warten. Auch ich stieg vom Kutschbock. Das neue Haus auf der Warft wirkte in dem alten, verwilderten Garten noch etwas fremd. Das Gelände war an allen vier Seiten von einem, wie es schien, tiefen Graben umgeben, auf den mehrere Wege zuführten, die von Bäumen und Hecken begrenzt waren. An einer Stelle war hinter einer dichten Hecke das Dach eines Pavillons zu sehen, wahrscheinlich der, an den sich Storm noch erinnert hatte.

»Ich hörte, dass Sie schon einmal bei uns gewesen sind«, sagte Marten. »Ihr Vater kam oft hierher, und einmal hat er Sie wohl mitgenommen. Damals war das ein anderer Hof, nicht nur wegen des alten Haubargs.«

»Es ist schade um ihn«, sagte Storm.

Marten nickte nur. Dann begrüßte er Constanze und rief einen Pferdeknecht herbei, der die Kutsche und den Rappen versorgen sollte.

»Herr Roß hat den Hof gekauft und das alte Haus abgerissen. Das war vor vier Jahren. Dann hat er das neue gebaut und die Ställe für seine Pferdezucht. Aber er kommt nur selten hierher. Wieb und mich hat er mit dem Hof übernommen, wir sind ihm dankbar dafür. Wo hätten wir auch hingehen sollen nach so viel Jahren?«

Er führte uns am Haus vorbei zu einem Nebengebäude mit einer Werkstatt, einer Schmiede und einer kleinen Wohnung. Auf dem Weg kam uns Eckart entgegen, den ich aus der Hohlen Gasse kannte, weil er für den alten Storm gelegentlich Aufträge übernahm. Er grüßte und machte sich auf den Weg zurück.

Wieb erwartete uns in der Küche. Sie hatte den Holztisch für uns gedeckt, mit Brot, Butter und in Scheiben geschnittenem Fleisch. Außerdem stand dort ein Krug Bier.

Es war Storm, der sich mit beiden unterhielt, nach dem Staatshof und seinen Nachbarn fragte und erzählte, was sich in Husum tat. Clausens Tod hatte sich bis zu Wieb und

Marten herumgesprochen, Detlevsens Tod noch nicht, und Storm lenkte das Gespräch schnell auf den Pastor an der Husumer Marienkirche, der den Konzerten von Storms Chor die benötigten Räume verweigerte.

Marten fragte, ob wir den Garten sehen wollten, und führte uns auf überwachsenen Wegen bis zum Pavillon, einem hölzernen Haus, das auf dünnen Pfählen über den Wassergraben gebaut war, von dem Storm sagte, er erkenne es tatsächlich wieder.

Marten warnte uns, der Graben sei tief, es seien schon Menschen darin ertrunken und der Holzboden des Pavillons sei morsch. Dann schloss er die Tür auf und zeigte uns die zierlichen Wandbilder, auf denen Schäfer im Gras saßen und auf der Flöte für ihre Schäferinnen spielten. Einem von ihnen setzten zwei kleine Putten einen Lorbeerkranz auf, während zu seinen Füßen ein Schaf kniete, mit rosa Bändern um jedes Bein.

Ob die Türen damals nicht weit geöffnet gewesen seien, fragte Storm, während die Gesellschaft im Pavillon Kaffee trank, und Marten sagte, das sei tatsächlich so Brauch gewesen, wenn die van Ovens im Sommer Gäste gehabt hätten.

»Kommt Frau van Ovens noch manchmal her«, fragte Constanze, »oder ihre Enkelin?«

»Ich habe sie seit dem Verkauf nicht auf dem Hof gesehen«, sagte Marten. »Eigentlich ertrug Frau van Ovens schon seit dem Selbstmord von Leonard diesen Ort nicht mehr. Auch wenn sie so tat, als sei es anders. Jedenfalls blieb sie dann immer länger in ihrem Haus in Friedrichstadt«

»Und vorher? Der Tod ihrer Schwiegertochter, das Verschwinden von Elisabeth?«

»Es hat sie erschüttert, natürlich. Aber es scheint mir fast, als wäre sie in dem halben Jahr, bis Leonard Hand an sich gelegt hat, besonders oft bei ihm gewesen. Sie haben sich stundenlang hinter verschlossenen Türen unterhalten, abends, nachts. Manchmal haben wir ihn laut schluchzen gehört und wie seine Mutter eine ganz ärgerliche Stimme bekam. Er solle sich endlich zusammenreißen, schrie sie dann, es sei nun mal nicht zu ändern oder so ähnlich. So viel haben wir von draußen mitgehört, obwohl wir das alles wirklich nicht hören wollten.«

Marten führte uns durch den ganzen Garten, blieb immer wieder stehen und wies uns auf bestimmte Bäume oder Sträucher hin. Dann zeigte er uns die Weiden jenseits des Hofgrabens und erzählte von den Bauern auf Eiderstedt, die ihre Häuser einzeln auf den Warften bauen, umgeben von ihren Weiden und Feldern, jeder ein König auf seinem Land.

Constanze fragte nach dem dänischen König, dem Landesherrn von Schleswig und Holstein.

»Kopenhagen ist weit«, sagte Marten. »Die Bauern regieren sich seit Jahrhunderten selbst und bezahlen den König dafür, dass sie seinen Stellvertreter auf Eiderstedt, den Staller, durch eigene Wahl bestimmen dürfen.«

Storm meinte, dass zwischen dem Staller, gegenwärtig Herr Justizrat Ingwersen in Garding, und dem König doch noch der Oberstaller, Amtmann Krogh im Schloss vor Husum, sei, aber Marten winkte ab.

»Der Amtmann lässt uns in Frieden und wir ihn«, sagte er, »und wenn das so bleibt, wird er dafür nach seinem Tod bei der Landschaft in gesegnetem Andenken stehen.«

Schließlich liefen wir zurück. Ich stellte mir statt des jetzigen Hauses mit den getrennten Ställen und Nebengebäuden auf der Warft einen einzigen, in den Himmel ragenden Heubarg vor, in dem alles unter einem Dach war, die Wohnung so gut wie die Ställe. Es hätte besser in diesen Garten gepasst, dachte ich.

»Es muss entsetzlich für Leonard gewesen sein«, sagte Constanze. »Die Frau zu verlieren, die man liebt, zudem noch auf diese Weise, und dann auch noch das Kind!«

»Wie das so war mit der Liebe und der Trauer, das weiß ich nicht«, sagte Marten vorsichtig.

»Und dann«, fragte Storm, »war da noch dieser zweite Sohn, Christian, Anna Lenas Vater …«

»Auch so eine traurige Geschichte«, sagte Marten. »Er studierte Medizin in Kiel, war verlobt mit der Tochter seines Vermieters, nettes Mädchen, etwas schüchtern und immer besorgt, sie könnte es Frau van Ovens nicht recht machen. Dann starb sein Bruder. Seine Mutter wollte ihn hier als Bauer sehen, er wollte das auf keinen Fall. Er hat geheiratet, Anna Lena kam zur Welt, aber seine Frau hat die Geburt nicht überlebt.«

In der Stille schrie plötzlich ein Vogel vom Meer her so schrill, dass es mir in den Ohren schmerzte.

»Was hat er dann gemacht? Der Witwer, meine ich«, fragte Storm.

»Genau weiß ich es nicht, aber geredet wurde natürlich viel. Eigentlich hätte er den Hof übernehmen müssen, schon nach Leonards Tod, aber das wollte er nicht. Er wurde stattdessen Arzt in Heiligenhafen, dann Schiffsarzt auf einem Frachter der Südamerikalinie. Einen Tag vor der geplanten Abfahrt zog man ihn im Hamburger Hafen aus einem Fleet.«

»Entsetzlich«, sagte Constanze leise. »Und Anna Lena?«

»Er konnte oder wollte sich nach dem Tod seiner Frau nicht um die Kleine kümmern und ließ sie bei ihrer Großmutter in Friedrichstadt. Ob er oft nach ihr geschaut hat, weiß ich nicht. In den zwei Jahren bis zu seinem Tod ist er ein einziges Mal hier gewesen. Er ...«

Marten stockte, als ob ihm plötzlich klar wurde, wie offenherzig er zu uns von dem einstigen Hoferben sprach.

Storm wartete geduldig.

Wir waren fast bei der Haustür angekommen, als Marten weiterredete.

»Er kam mittags hierhergeritten und hatte wohl schon getrunken. Von uns verlangte er den Schlüsselbund. Als Wieb nach dem Grund fragte, brüllte er sie an, sie solle ihn in Ruhe lassen. Dann verschwand er in den Wohnräumen. Wir hörten, wie er von Zimmer zu Zimmer ging und alles durchwühlte. Abends ritt er wieder weg. Er war so betrunken, dass er kaum wieder aufs Pferd kam. Und hinterließ die Zimmer verwüstet: auf den Boden geleerte Schubladen, der Sekretär aufgebrochen, Bilder, die er von der Wand genommen und aus dem Rahmen gelöst hatte, so Sachen.«

»Und Sie?«

»Wieb und ich, wir waren erleichtert, dass er weg war. Und dann auch froh, dass er nie wiedergekommen ist. Den stillen Jungen, den wir über die Jahre hier erlebt hatten, gab es wohl nicht mehr.«

Marten führte uns in die gute Stube der Verwalter, wo seine Frau mit Tee auf uns wartete. Storm sagte, dass wir uns allmählich auf den Rückweg nach Husum machen müssten.

»Haben Sie denn alles erfahren, wofür Sie gekommen sind?«, fragte Wieb unvermittelt.

»Nein«, sagte Storm, »da ist noch etwas. Haben Sie in den letzten Tagen Besuch gehabt?«

»Außer von Ihnen, Herr Advocat?«

»Natürlich außer uns dreien.«

»Fremde, meinen Sie? Die finden selten hier heraus.«

»Ich meine ein Paar, der Mann ist um die fünfzig, die Frau Anfang zwanzig. Sie nennt sich Lorenzen, er Lehmann, vielleicht heißen sie aber auch anders.«

»Anders, aha. Zum Beispiel Elisabeth van Ovens?«

Storm fing sich schnell wieder.

»Sie kam hierher? Enna?«

»Ja.«

»Und Hinrich?«

»Von einem Hinrich weiß ich nichts.«

»Wann war das? Und wo ist sie jetzt?«

»Inzwischen ist sie wieder weg«, sagte Wieb gleichmütig. »Muss wohl mit Ihnen zusammenhängen, Herr Advocat.«

Storm schaute sie an, sie sah fest zurück. Ein Kräftemessen, das Storm verlor.

»Als die junge Frau hörte, dass Sie kämen, um bei uns nach ihr zu suchen, hat sie den Hof wieder verlassen. Wir haben ihr versprochen, dass Sie für eine Weile zu beschäftigt sein würden, um ihr zu folgen.«

»Ich verstehe«, sagte Storm.

»Ich leider nicht«, sagte Constanze freundlich. »Warum tun Sie das für Enna? Kennen Sie sie denn?«

»Ich hatte sie bis gestern Abend viele Jahre nicht gesehen«, sagte Wieb. »Aber ja, ich denke doch, dass ich sie kenne. Schon lange. Wenn sie die ist, für die ich sie halte.«

Dreizehn

»Heule nicht, Junge! So sieht ein braver Mann aus, wenn er gestorben ist!«

Theodor Storm, »Von Mutters Seite«

»Sie hat es wirklich geschafft, diese Enna«, schimpfte Storm auf der Rückfahrt. »Sie hat die Alte eingewickelt, und die hat sie entkommen lassen. Während Marten uns das schöne Eiderstedt gezeigt hat, nur um uns vom Haus wegzubringen. Und seine tragischen Geschichten: Wer weiß, was davon stimmt.«

»Ich glaube nicht, dass er uns angelogen hat, Theodor«, sagte Constanze. »Das hat Wieb ja auch nicht. Ich frage mich nur, warum Enna und Hinrich nicht mehr zusammen unterwegs sind. Und wo sie jetzt hinwollen, jeder einzeln oder beide gemeinsam.«

»Mir egal, solange es möglichst weit von Husum ist«, maulte Storm.

»Ob sie wissen, in welcher Gefahr sie sind?«, überlegte Constanze. »Clausen wird vergiftet; etwas verbindet ihn mit Enna, und sei es dieses seltsame Medaillon. Um ihr und Hinrich das Dokument abzunehmen, das ihre wahre Herkunft beweisen soll, wird der Nächste umgebracht. Jemand scheint nicht zu wollen, dass sie als Elisabeth van Ovens anerkannt wird.«

»Wer immer das ist«, antwortete Storm schlecht gelaunt, »er dürfte der Einzige sein, der ihr diese Geschichte mit dem schwerreichen Findelkind glaubt.«

»Was ist mit Hinrich?«, fragte Constanze. »Glaubt er ihr nicht?«

»Hinrich zählt nicht«, sagte Storm, »er dürfte ihr auch gar nicht sagen, dass er an ihrem Millionenerbe zweifelt, sonst ginge es ihm schlecht. Vielleicht hat er sie deshalb inzwischen verlassen. Oder er hat etwas gesagt, und sie hat ihn fortgeschickt.«

Ich hatte das Verdeck wieder angebracht und fuhr mit dem Wagen auf dem Weg zwischen den Weiden. Durch den Abend brüllten die Ochsen, sonst war es in der Landschaft still.

Auf Storm und Constanze achtete ich kaum. Ich war sicher, dass wir Hinrich und Enna nicht mehr wiedersehen würden, dass Enna ihre Ansprüche ohne die gestohlenen Papiere nicht mehr weiterverfolgen und dass Kaup die Morde an Clausen und Detlevsen selbst untersuchen würde, ohne Storm daran weiter zu beteiligen. Kaup würde in Husum und wenn es sein musste in ganz Nordfriesland nach Zeugen suchen, um den Fall aufzuklären. Vielleicht würde er welche finden, vielleicht würde die Sache ein Rätsel bleiben. Wir wären draußen, so oder so. Ich hätte darüber erleichtert sein müssen. Stattdessen fühlte ich mich elend.

Kurz vor Koldenbüttel roch es nach Rauch. Als ich mit der Kutsche in die Dorfstraße einbog, sahen wir die Menschen, die sich bemühten, ein Feuer zu löschen, das offenbar in einer Scheune brannte und noch nicht auf die Nachbargebäude übergesprungen war.

Der Rappe zitterte nervös, und ich lenkte die Kutsche in einem weiten Bogen um den Brand herum, bis sich das Pferd wieder einigermaßen beruhigt hatte. Dann stellte ich die Kutsche ab, band den Rappen an einen Baum und lief mit Storm zu der brennenden Scheune, um beim Löschen zu helfen.

Als wir ankamen, schwelte das Feuer nur noch. Das Dach war eingestürzt, die Wände standen schief und würden wohl bald zusammenfallen. Um das Gebäude war alles feucht vom Löschwasser. Etwa zwanzig Helfer standen bei den Trümmern, einige mit kleinen Laternen, die sie an die Ruine hielten, um zu sehen, ob irgendwo noch ein Brandherd war.

Zwei Männer zerrten hustend etwas aus dem verkohlten Gebäude.

Dass es ein Mensch war, sah ich trotz der Dunkelheit, und auch, dass er das Feuer nicht überlebt hatte. Seine Kleidung war mit dem Körper verschmolzen, die Haare mit der Kopfhaut verbrannt. Ich weiß nicht, ob ihn seine Angehörigen erkannt hätten. Zu Lebzeiten war er wohl groß und kräftig gewesen, das Feuer hatte seinen Körper zusammenschrumpfen lassen. Es sah entsetzlich aus.

»Wir werden hier wohl nicht gebraucht«, sagte Storm.

In unserer Kleidung hatte sich der Brandgeruch festgesetzt. Der Rappe blähte die Nüstern und schnaubte aufgeregt, als wir wieder bei der Kutsche waren. Während ich ihn losband, wich er vor mir zurück. Wir hatten es alle eilig, von Koldenbüttel wegzukommen.

»Was war das?«, fragte Constanze.

»Leichtsinn, Absicht, was auch immer«, sagte Storm, »aber wie eine Scheune nach so viel Regen einfach so in Brand gerät, verstehe ich nicht.«

»Und der Mann …«

»Vielleicht ein Landstreicher, der in der Scheune übernachten wollte und vom Feuer überrascht wurde.«

»Landstreicher?«, sagte Constanze. »Hast du die Reste seiner Hose gesehen? Das sah fast aus wie eine Livree.«

»Mag sein. Sie werden hoffentlich bald herausfinden, wer das war.«

Ein letzter Rest der Dämmerung, die Wagenlaterne und schließlich der helle Mond beleuchteten mir einigermaßen den Weg. Die Fahrt war nicht einfach, der Weg war auf beiden Seiten leicht abschüssig, aber das Pferd kannte ihn gut genug, um nicht ins Stolpern zu geraten.

Hinter uns hörte ich Hufschläge. Der Reiter schien es eilig zu haben; im Mondlicht musste er uns rechtzeitig sehen, und ich lenkte die Kutsche zur Seite. Er ritt, ohne anzuhalten, an uns vorbei und grüßte knapp mit der rechten Hand.

Von Storm und Constanze war lange nichts zu hören. Ich ließ sie in Ruhe und lenkte die Kutsche durch Rödemis bis in die Hohle Gasse.

Storms Vater erwartete uns im Hof vor den Ställen und der Remise. Als Erstes warf er einen prüfenden Blick auf das Pferd und die schlammbespritzte Kutsche. Er runzelte die

Brauen, dann sagte er, dass er schlechte Nachrichten habe. Sein Sohn solle sofort aufs Schloss kommen.

»Wieder zu Kaup? Allmählich wird das zur Gewohnheit«, sagte Storm. »Was wäre auch so ein Frühlingsabend ohne ein nächtliches Verhör? Aber gut, bringen wir es hinter uns. Soll Herr Söt wieder mit? Oder kann er endlich zu seiner Tochter?«

»Von ihm war nicht die Rede. Aber ich an deiner Stelle würde die Sache ernst nehmen und gleich losgehen«, sagte der alte Storm. »Übrigens sollst du nicht zu Kaup ins Kavalierhaus. Amtmann Krogh will dich in seinen Räumen im Schloss sehen. Mit Kaup und Landvogt Adler.«

»Warum auch noch Adler? Die beiden Morde sind in der Stadt verübt worden, damit hat der Landvogt doch gar nichts zu tun!«

»Tja«, sagte der Alte düster, »dabei ist es wohl nicht geblieben. Beeil dich lieber. Sie warten.«

Das hatten sie tatsächlich, erzählte mir Storm am nächsten Morgen, als ich ins Kontor kam. Ich hatte nicht geglaubt, ihn dort am Schreibtisch anzutreffen, aber er schien schon einige Zeit über einer Mappe mit verschiedenen Akten verbracht zu haben. Ich kannte sie – ein todlangweiliger Streit um die gerechte Aufteilung der Pflichten zur Deichpflege auf Nordstrand, der Deichgraf hatte zwei Bauern wegen einer Nachlässigkeit verklagt und die ihn umgekehrt wegen einer anderen Nachlässigkeit. Der Streit ging jetzt ins fünfte Jahr und würde wohl noch einige Jahre ungeklärt bleiben.

Storm, der einen der beiden Bauern vertrat, hatte sich bisher erfolgreich davor gedrückt, eine Verteidigungsschrift für seinen Klienten zu verfassen.

Jetzt saß er da, als ob ihn nichts mehr interessierte als die Frage, wie regelmäßig der Bauer Harro Pingel den Deich hinter seiner Weide auf Schäden kontrollieren müsste und was ihm blühte, wenn er dabei nachlässig wäre.

»Ich denke, das hier ist viel zu lange liegen geblieben«, sagte Storm grimmig. »Heute ist der richtige Tag dafür. Machen Sie sich bitte fürs Diktat bereit.«

Die nächste halbe Stunde schrieb ich auf, was Storm mir über Rechte und Pflichten der Nordstrander Bauern diktierte, im Allgemeinen und in diesem besonderen Fall. Ich bezweifelte, dass er vor Gericht mit seiner Auffassung durchkäme, dass es eigentlich Sache des Deichgrafen sei, den Landbesitzern jeden kleinen Flutschaden auszugleichen, plus einer weiteren Summe für den erlittenen Schrecken, aber das war nicht meine Sache.

Als er sich schließlich ausgetobt hatte, setzte er sich auf sein Sofa und schenkte uns Tee ein. Ich fragte ihn nach dem vorigen Abend.

»Es war nicht besonders angenehm, das können Sie sich vorstellen. Keiner von den Herren war glücklich über das späte Treffen, vor allem nicht der Amtmann, der ernsthaft fragte, warum immer, wenn es Probleme gebe, der Advocat Storm nicht weit sei. Ich sagte, weil ich eben versuchte, sie zu lösen, die Probleme. Das hätte ich wohl besser für mich behalten. Krogh baute sich hinter seinem prächtigen Amtmannschreibtisch auf und fragte, wo denn in diesem Fall die Lösung sei und wann ich sie ihm brächte.«

»Waren die anderen auch so erregt?«

»Kaup nicht, Sie kennen ihn ja. Und Landvogt Adler meinte nur, man müsse das alles untersuchen, so könne man nichts dazu sagen.«

»Wozu? Und warum war der Landvogt überhaupt im Schloss dabei?«

»Der Reiter, der uns auf dem Weg überholt hat, erinnern Sie sich? Er hat offenbar die Nachricht von dem Brand und dem Toten in der Scheune nach Husum gebracht. Kurz zuvor hatte Kaup noch dem Amtmann von unseren Untersuchungen erzählt und ihm wohl bedeutet, wir seien der Aufklärung der beiden Morde schon nahe. Das alles hat Krogh nicht gefallen, und wegen des Brandes hat er den Landvogt holen lassen. Ich glaube, er hat dann einen Schuldigen gesucht. Und gefunden.«

»Sie, Herr Advocat?«

»Ich soll mich jedenfalls aus allem raushalten. Was ich auch tun werde. Ich kümmere mich jetzt um meine Angelegenheiten, die schon viel zu lange liegen geblieben sind. Deichinstandsetzung auf Nordstrand – Sie glauben gar nicht, Herr Söt, wie interessant da die rechtlichen Bestimmungen sind.«

Storms Glocke läutete. Ich erwartete, dass der Angorakater in irgendeiner Ecke des Kontors aufspringen und zur Tür rasen würde, bis mir klar wurde, dass er das nie wieder tun würde.

Storm rührte sich nicht. Der Besucher fand offenbar allein ins Kontor.

»Komm rein, Hartmut«, sagte Storm, ohne aufzublicken.

Ich hatte Brinkmann in den letzten Monaten oft gesehen, meist mit Storm zusammen. Seit er nach Husum gekommen war, hatte er das Kontor fast täglich besucht. Im letzten Herbst war er im Auftrag von Krogh mit Storm nach Föhr gefahren, um auf ihn aufzupassen und von Eigenmächtigkeiten abzuhalten. Stattdessen hatte er Storm bedingungslos vertraut und ihn dabei unterstützt, eine Mordserie aufzuklären, der um ein Haar auch der Dichter Hans Christian Andersen zum Opfer gefallen wäre. Seither duzten sie sich.

Brinkmann hatte sich in Husum eingefügt wie kein Zweiter, der in letzter Zeit neu in die Stadt gekommen war. Er war freundlich zu jedem und grundehrlich, niemand sagte ihm etwas nach. Storm war eng mit ihm befreundet, und nicht einmal die Tatsache, dass Storms einstiger Schwarm, die schöne Laura Setzer, offensichtlich Brinkmann unter ihren Verehrern bevorzugte, war für die beiden ein Problem.

Nun stand er in der Tür und wirkte beinahe schuldbewusst.

»Tee?«

»Ja, bitte.«

Storm suchte eine Tasse aus, legte ein Stück Kluntje hinein, goss Tee darüber und stellte sie auf den Tisch vor dem Sofa.

»Hör mal, das war nicht meine Idee, dass ich jetzt …«

»Nein, nicht deine Idee«, sagte Storm. »Aber groß gewehrt hast du dich nicht, als Krogh dir meinen Fall angetragen hat, oder? Sahne?«

»Bitte.«

Auf den Tee, dessen lautes Knistern mir inzwischen so vertraut war, gab Storm mit einem Löffel etwas Sahne, die in einer Wolke auseinanderging.

»Ich weiß, dass dich das kränkt«, begann Brinkmann wieder. »Aber soll ich dem Amtmann vielleicht sagen, dass er sich seinen Mörder selber suchen kann?«

»Der Witz ist doch«, sagte Storm, »dass ich bei all diesen Leuten war oder sie bei mir. Ich habe mit Hinrich und Enna gesprochen, bevor sie untergetaucht sind, mit Wieb und Marten, mit der alten van Ovens, sogar mit dieser Margret aus Detlevsens Kaschemme. Ich kannte Clausen von klein auf und habe eine ganze Reihe von Beweisstücken gefunden, die ich dir jetzt schön aushändigen kann, wie Kaup anordnet. Ach ja, und außerdem soll ich dir alles erzählen, was ich in den letzten Tagen von diesen Menschen gehört habe, damit du dann auf Verbrecherjagd gehen kannst, unterstützt von Helfern, die dir Kaup und Adler großzügig von ihren Leuten stellen. Und das soll mich nicht ärgern?«

»Doch«, sagte Brinkmann, »natürlich kränkt dich das. Du steckst viel tiefer in dem Fall als ich. Ich bin dankbar für das, was du mir erzählst, und akzeptiere, wenn du Dinge für dich behältst.«

»Schön, Eure Heiligkeit«, sagte Storm. »Und jetzt?«

»Jetzt legst du los.« Brinkmann grinste.

Storm grinste nicht, er lächelte nicht einmal. Aber er erzählte Brinkmann alles, was wir erlebt hatten, seit Enna und Hinrich im Kontor erschienen waren, bis zu unserer Heimfahrt gestern und dem Brand. Er sprach von der Katastrophe, die die Familie van Ovens 1826 heimgesucht hatte, von Leonards ermordeter Frau und seiner verschwundenen Tochter, von Hinrich und Enna, von Clausens Medaillon und wie es Ennas glich, von den aus der Schublade gerissenen Dokumenten und von Detlevsens Zeichenmappe mit Ennas Porträt.

Brinkmann hatte ein Notizbuch geöffnet und schrieb mit.

Soweit ich sah, hielt Storm nichts zurück.

»Und? Was meinst du dazu?«

Brinkmann seufzte. »Ich habe keine Ahnung. Ich weiß nicht, wo ich anfangen soll, und auch nicht, wo ich nach Enna und Hinrich suchen kann.«

Er kannte Storm gut.

Storm ihn auch.

»Das ist jetzt dein Fall, Hartmut.«

»Ist er, natürlich. Trotzdem kann ich dich ja um Rat fragen. Heute früh kam Herr Hitscher zu Kaup, und der holte mich dazu. Es ging um den Toten aus der Scheune in Koldenbüttel. Hitscher hat ihn untersucht. Er sagt, der Mann sei nicht im Feuer gestorben.«

»Sondern?«

»Wahrscheinlich erdrosselt, meint Hitscher.«

»Also kein Unfall«, sagte Storm. »Und wieder erdrosselt. Aber warum ruft Kaup dich dazu?«

»Ich weiß es nicht. Vielleicht glaubt er, dass dieser Mord mit den anderen zusammenhängt.«

»Aber wie, hat er nicht gesagt?«

»Nein.« Brinkmann trank seinen Tee aus und stand auf. »Danke noch mal.«

»Gern.« So schroff, wie er ihn vorhin empfangen hatte, wollte Storm seinen Freund jetzt nicht gehen lassen. »Und wenn ich noch helfen kann …«

»Ist gut«, sagte Brinkmann.

Wir hörten die Vordertür zufallen und wie sich Brinkmanns Schritte entfernten.

»Er kann wirklich nichts dafür«, sagte Storm. »Aber bei aller Liebe: Ich weiß nicht, was dabei rauskommen soll.«

»Was würden Sie denn an seiner Stelle machen, Herr Advocat?«

»Ich würde nach Friedrichstadt fahren und Frau van Ovens fragen, wann sie ihren Simon das letzte Mal gesehen hat.«

»Simon?«

»Natürlich, Simon. Ich glaube, nicht viele Männer laufen in Koldenbüttel und Umgebung mit einer so auffälligen Livree herum. Wir konnten sie ja in Friedrichstadt am Markt studieren, und die verkohlte Hose des Toten von Koldenbüttel sah für mich ziemlich ähnlich aus. Vor allem, wenn es sich bei dem Vorfall in der Scheune um einen Mord handelt. Nur ein Versuch, sicher, aber vielleicht ein Treffer. Und die alte Dame könnte sowieso nicht länger verheimlichen, wenn ihr Diener plötzlich verschwunden ist.«

»Aber was hatte Simon in der Scheune zu suchen?«

»Genau das würde ich sie fragen. Von allein wäre er nicht dorthin gegangen, und von allein ist er auch nicht umgekommen. Also: Was hat er dort gewollt, und wen hat er dort getroffen?«

»Was glauben Sie denn?«

»Ich weiß es nicht, Söt. Ich glaube ja, dass die Dokumente, die aus Detlevsens Schublade verschwunden sind, dabei eine Rolle spielen. Nur ist das jetzt Brinkmanns Sache.«

»Also diktieren Sie mir weiter?«

»Das tue ich«, sagte Storm.

Wir arbeiteten noch bis zum Mittag. Storm ging zum Essen in die Hohle Gasse, wo er auch seinem Vater von den neuesten Entwicklungen berichten würde, und ich ging nach Rödemis zu Bottilla, Marie und Julie.

Als ich nachmittags zurückkam, stand Storm schon in der Tür und wartete auf mich.

»Wir müssen etwas besprechen, Herr Söt«, sagte er. »Und wir haben nicht viel Zeit.«

»Was ist passiert?«

Im Büro las er mir dann einen Brief vor, den ihm sein Freund, der Gardinger Propst Friedrich Feddersen, geschrieben hatte. Der Brief war nicht alt, ein Reiter hatte ihn gerade vorbeigebracht.

Feddersen schrieb, dass auf einem alten Hof bei Garding eine junge Landstreicherin festgesetzt worden sei. Sie verlange ausdrücklich nach dem Advocaten Theodor Storm aus Husum. Den Namen konnte ich mir denken, bevor Storm ihn aussprach: Enna Lorenzen.

»Wollen Sie Brinkmann davon berichten?«, fragte ich.

»Sie hat nach mir gefragt, nicht nach Brinkmann«, sagte

Storm. »Aber keine Sorge, Brinkmann wird es erfahren. Später, wenn ich mit ihr gesprochen habe.«

»Also fahren wir hin?«

»Ich fahre morgen nach Garding, Herr Söt. Auf Sie wartet eine andere Aufgabe. Sie reiten morgen nach Friedrichstadt und besuchen Frau van Ovens.«

»Anstelle von Herrn Brinkmann?«

»Richtig. Denn der hat sicher anderes zu tun.«

»Und Bürgermeister Kaup? Der Amtmann?«

»Sie reiten natürlich nicht deshalb nach Friedrichstadt. Ich gebe Ihnen einen Brief an meinen Vetter Stuhr mit, den Sie ihm aushändigen. Wenn jemand fragt: Das ist der Grund Ihres Ritts. Den Besuch bei Frau van Ovens machen Sie nebenbei.«

»Gut. Und ich berichte Ihnen dann in Husum, was sie gesagt hat.«

»Nicht in Husum. Ich werde Sie in Garding brauchen. Sie fahren von Friedrichstadt mit dem Schiff die Eider hinunter nach Tönning, dort steigen Sie aus und fahren über Land weiter zu Friedrich Feddersen.«

»Dort treffe ich Sie?«

»Mich und Constanze. Der Amtmann wünscht nicht, dass ich in diesem Fall weiter ermittle. Aber er kann mir nicht verbieten, meiner Segeberger Verlobten Eiderstedt zu zeigen.«

Vierzehn

»Ich wollte dich fest umschlingen
Und küssen aus Herzensgrund,
Und leben und vergehen
Tiefsinnig Mund an Mund.«

Theodor Storm, »Stünd ich mit dir auf Bergeshöh«

Storm diktierte mir einen nichtssagenden Brief an Fritz Stuhr, versiegelte ihn und entließ mich dann, um seine eigene Reise vorzubereiten.

Ich lief nach Rödemis, um die unverhoffte freie Zeit zu nutzen. Bottilla ging es besser. Ich trug Marie in einem kräftigen Tuch und lief mit Bottilla am Südufer der Au entlang, vorbei an den Wiesen und weiter Richtung Meer.

Bottilla war noch blass, aber kräftig genug für den Ausflug. Die Märzsonne tat ihr gut. Die Möwen kreisten furchtlos dicht über unseren Köpfen, und ich drückte Marie unwillkürlich enger an meine Brust.

»Storm weiß, was er tut«, sagte Bottilla beruhigend, »und wenn nicht er, dann jedenfalls Constanze.«

Ich hatte ihr von Storms Plan erzählt und dass ich nicht wusste, wohin er führen sollte. Schon den Brief des Gardinger Propstes fand ich seltsam. Warum erinnerte sich

Enna gerade jetzt an Storm, den sie vor ein paar Tagen so wütend abgelehnt hatte? Gab es sonst niemanden, an den sie sich wenden konnte? Warum glaubte sie, dass Storm überhaupt dazu bereit wäre, ihr zu helfen? Und warum war sie allein?

Marie gluckste zufrieden. Für Ende März brannte die Sonne ungewöhnlich stark, an der Küste kam Wind auf, der uns ins Gesicht blies, und das Letzte, was ich jetzt wollte, war, am nächsten Tag eine Reise anzutreten, deren Dauer ich nicht kannte.

»Glaubst du eigentlich, dass Wieb recht hat?«, fragte Bottilla. »Sie hält Enna ja für die damals entführte Elisabeth. Warum eigentlich?«

»Ich weiß es nicht. Sie hat das Kind zum letzten Mal als Zweijährige gesehen. Und neunzehn Jahre später dann diese Frau. Da sieht sich doch niemand mehr ähnlich, oder?«

Bottilla lachte.

»Kann schon sein«, sagte sie. »Mein Bruder ist heute zwanzig, aber für mich sieht er immer noch aus wie das Kleinkind, das er mal war.«

»Du hattest ihn aber auch immer vor Augen.«

»Das stimmt. Wieb hatte das nicht. Aber Wieb kannte Elisabeths Vater und ihren Onkel von klein auf. Bis sie Mitte zwanzig waren, schätze ich.«

»Du meinst, die erwachsene Enna erinnerte Wieb nicht an die kleine Elisabeth, sondern an die erwachsenen Brüder Leonard und Christian, die aber inzwischen längst tot sind? Klingt kompliziert!«

»Vielleicht. Aber warum sollte Wieb Enna sonst zur Flucht verhelfen?«

»Genau das verstehe ich auch nicht, Bottilla. Warum geht sie so ein Risiko ein? Es muss ihr doch klar sein, dass sie dadurch Schwierigkeiten bekommen kann.«

»Weil sie eine Frau vor Storm und dir versteckt? Ich glaube nicht. Vor dem Amtmann oder dem Landvogt, das wäre etwas anderes. Und selbst dann …«

Bottilla stockte, als überlege sie, ob sie weiter mit mir darüber reden solle.

»Ich habe eine Tante auf Eiderstedt, in Katharinenheerd, bei Garding.«

»Wo ich Storm treffen soll.«

»Dort, ja. Das Dorf ist arm, meine Tante auch, aber sie hat noch nie einer Frau in Not etwas abgeschlagen. Sie sagt, so sei das nun mal auf Eiderstedt immer gewesen, die Leute hätten es nur vergessen.«

»Deine Tante nicht.«

»Nein, sie nicht. Vielleicht besuchst du sie mal unterwegs? Frag einfach nach Jella Flohrs.«

»Mal sehen. Und du glaubst, Wieb hat es auch nicht vergessen? Dass man den Frauen in Not helfen soll, egal, was es einen kostet?«

»Vielleicht. Jedenfalls habe ich keine bessere Erklärung.«

Storm fuhr die Kutsche seines Vaters selbst. Er hatte für mich einen Apfelschimmel ausgeliehen, ein freundliches, gemütliches Pferd, nicht mehr ganz jung. Wir kamen gut miteinander zurecht.

In Friedrichstadt empfing mich Fritz Stuhr. Er las den Brief, während ich das Pferd im Stall versorgte, und schien das Ganze für eine Art Streich zu halten, den sich Storm ausgedacht hatte und dessen Pointe er ihm später schon noch erklären würde.

»Bitte lassen Sie mich rufen, Herr Söt, wenn Sie Ihr Pferd wieder abholen, ja? Vielleicht trinken wir dann noch eine Tasse Tee zusammen.« Er zwinkerte mir zu. Mir stand plötzlich die verkohlte Leiche aus der Koldenbütteler Scheune vor Augen, und ich hatte keine Lust auf Stuhrs Fröhlichkeit.

Den Weg zum Haus der Katharina van Ovens fand ich auch ohne ihn. Obwohl es Mittag war, stand die Sonne nicht hoch am Himmel und warf scharf konturierte Schatten auf den Marktplatz. Plötzlich erschien mir die kleine Stadt mit ihren schmucken Häusern und ihren Grachten unwirklich schön, und ich nahm mir vor, einmal mit Bottilla und Marie herzukommen, wenn alles vorbei sein würde. Falls es jemals vorbei sein würde.

Ich läutete. Die Tür ging einen Spalt auf, und Linas Gesicht erschien, nicht verheult, wie ich es erwartet hatte, aber steingrau und regungslos. Als sie mich erkannte, zog sie den Kopf zurück, und die Tür fiel ins Schloss. Kurz darauf öffnete sie wieder und zeigte mir stumm den Weg zu der Stube, in der Frau van Ovens Storm und mich empfangen hatte.

»Er ist es, oder?«, flüsterte ich Lina zu.

»Später, am Hafen, bei den Schuppen«, flüsterte sie tonlos zurück.

Frau van Ovens gab sich keine Mühe, mich freundlich zu

empfangen. Sie hatte mich kaum begrüßt, da fragte sie mich schon ohne Umschweife, was ich bei ihr wolle. Storms Vorstellung, ich könne mich bei ihr irgendwie bedeckt halten und trotzdem Erkundungen über Simon einziehen, war reines Wunschdenken gewesen.

»Sie kommen noch mal wegen dieser zweifelhaften Gestalten, oder? Wo ist denn eigentlich Ihr Herr und Meister?«

Sie hielt sich aufrecht, dennoch schien es mir, als sei ihr etwas von der Sicherheit verloren gegangen, die sie uns gegenüber beim letzten Besuch gezeigt hatte.

»Er schickt mich. Ich bin allein hier, um Sie zu fragen, ob sich Enna Lorenzen und Hinrich Lehmann noch einmal bei Ihnen haben blicken lassen.«

»Warum wollen Sie das wissen?«

»Sie sind untergetaucht, irgendwo in der Gegend, und da Sie Kontakt zu Ihnen hatten …«

»Kontakt ist gut! Kontakt ist sehr gut!«

Die alte Frau fing unbeherrscht an zu lachen, als hätte ich einen ungeheuren Witz gemacht. Dann fing sie sich wieder und starrte mich so eisig an wie zuvor.

»Nein, da gibt es nichts Neues. Ich würde auch keinen weiteren Kontakt …« Sie sprach das Wort jetzt so aus, als bezeichne es etwas Unanständiges oder Ekliges. »… mehr zulassen. Es hat also keinen Sinn, mich nochmals nach den beiden zu fragen. Und was geht es Sie überhaupt an?«

»Nichts, natürlich. Ich dachte nur …«

»Und ich denke, Bürgermeister Kaup wird sich für Ihren Besuch bei mir interessieren, meinen Sie nicht?«

Das alles hatte keine zehn Minuten gedauert. Ich stand auf und ging unbegleitet zur Haustür. Ich hörte noch, wie Frau van Ovens scharf nach Lina rief, dann war ich draußen.

Ich schlenderte durch die Stadt, bis ich zu einem der Kanäle kam, die das Zentrum begrenzten, und dann über eine Brücke zum Hafen. Einige kleine Boote lagen vor Anker, und ein alter Fischer, auffällig klein, mit einem wuchernden weißen Bart, der fast sein ganzes Gesicht verdeckte, kam auf mich zu und stellte sich als Jesko vor. »Einfach Jesko.« Er wolle abends ausfahren und würde mich bis Tönning mitnehmen, gegen Fahrgeld und wenn ich ihm unterwegs zur Hand ginge. Ich zahlte die Hälfte an und versprach, pünktlich zu sein. Dann kehrte ich zurück zu den großen Lagerhäusern und lehnte mich mit dem Rücken gegen eine der Holzwände. Vor zwei Jahren war ich schon einmal hier gewesen – mit Storm. Wir waren in eines der Lager eingebrochen. Bis heute weiß ich nicht, ob Storm die Sache je bereinigt hatte.

Lina ließ auf sich warten.

Der Schiffer würde ohne mich losfahren, wenn ich nicht rechtzeitig käme, das war klar.

In der Stadt schlug die Uhr am Kirchturm achtmal. Eine Stunde hatte ich noch.

Wenig später stand Lina vor mir, nervös und abgehetzt. »Ich habe nur ein paar Minuten«, sagte sie. »Die alte Hexe lässt mich kaum aus den Augen, seit du da warst.«

»Lina, was ist mit deinem Mann?« Für Umschweife war die Zeit zu knapp.

»Simon? Den hat endlich der Teufel geholt. Die Alte weiß

es, will es aber nicht wahrhaben. Dabei hat sie ihn doch geschickt, er hat es mir selbst gesagt. Richtig aufräumen wollte er mit diesem Landstreicher, diesem Erpresser, so hat er ihn genannt.«

»Mit welchem Landstreicher? Wen meinte er?«

»Ich weiß es nicht. Der würde künftig seine Schnauze halten, hat Simon gesagt. Dann ist er losgezogen nach Koldenbüttel, wo er ihn treffen wollte. Wenn ich gewusst hätte, dass er nie wiederkommt, dann hätte ich auf der Straße getanzt, sollen die Leute doch schauen.«

»War es so schlimm?«

»Schlimm? Peter, vom ersten Tag an, als ich als seine Frau in dieses entsetzliche Haus gekommen bin, war es die Hölle. Er hat mich geheiratet, um alles mit mir zu machen, er und die Hexe. Für jedes Wort, das ich ohne seine Erlaubnis gesprochen habe, für jeden Blick habe ich bezahlt. Meine Familie durfte ich nicht sehen, Freunde nicht treffen. Einmal habe ich einen Brief an meinen armen Clausen geschrieben und aus dem Haus geschmuggelt. Den hat Simon abgefangen. Danach konnte ich zwei Wochen lang nur noch kriechen, so zerschlagen war ich. Meine Arbeit in der Küche und im Haus habe ich trotzdem getan, sonst wäre alles nur noch schlimmer geworden.«

»O Gott, Lina!«

»Er war böse, Peter, so vollkommen böse. Er …« Endlich fing sie an zu weinen, und ich nahm sie in den Arm.

»Kannst du reiten, Lina?«

»Ich? Ja, wenn es nicht zu wild geht. Warum?«

»Komm mit mir, und wenn du willst, bist du in zwei Stunden in Husum beim alten Storm.«

Es war nicht schwer, Fritz Stuhr dazu zu bringen, Lina und den Apfelschimmel durch die Nacht zu begleiten. Und ich war mir sicher, dass der alte Storm, wenn er erst Linas Geschichte gehört hätte, seine frühere Magd nicht nur aufnehmen, sondern sie auch gegen jeden verteidigen würde, der käme, um sie zurückzuholen.

Fünfzehn

»Noch standen sie gefesselt von dem Anblick der bewegten Wasserfläche, die sich weithin vor ihnen ausdehnte. Rastlos und unablässig rollten die Wellen über die Tiefe, wurden flüchtig vom Sonnenstrahl durchleuchtet und verschäumten dann, und andere rollten nach.«

Theodor Storm, »Psyche«

Ich sah den beiden nach, wie sie aus der Stadt ritten, und musste mich beeilen, um rechtzeitig beim Fischerboot zu sein. Ich schaffte es im letzten Moment, der alte Jesko machte schon die Leinen los, und ich verstaute den Lederbeutel mit meinen Sachen unter einer Sitzbank.

Die Eider floss gemächlich, aber stetig und ohne merklichen Widerstand zum Meer. Später würde es umgekehrt sein, sagte Jesko, die Gezeiten seien hier stark.

Der Abend war kühl geworden, aber immer noch trocken geblieben. Während Jesko sein Schiff überraschend ungeschickt durch die Windungen der Eider steuerte, schaute ich auf die beiden Ufer: links Dithmarschen in Holstein, rechts Eiderstedt in Schleswig, beides gesegnete Landschaften für Bauern, ob sie nun das Feld bestellten oder Rinder mästeten.

Hin und wieder blinkten Lichter von kleinen Siedlungen oder Höfen am Ufer, dann war das Boot leichter zu steuern.

»Friedlich hier«, sagte ich.

»Das mag jetzt so scheinen«, sagte Jesko mit der heiseren und dünnen Stimme eines alten Mannes. »Das Land hat aber Krieg genug gesehen. Wallenstein hat furchtbar auf Eiderstedt gehaust, und in Tönning hat der grausame schwedische General Steenbock die Festung mit allen Mitteln gegen die Dänen halten wollen, sogar mit Zauberei. Es hat ihm nichts genutzt, und seither sind wir dänisch.«

»Zauberei?«

»Die Dänen waren abends vor Tönning aufmarschiert und wollten am nächsten Tag die Festung erobern. Steenbock hatte viel zu wenig Truppen, um sich dagegen zu wehren. Er schickte einen Soldaten los und befahl ihm, den ersten Menschen, den er in den Straßen von Tönning antreffen würde, zu töten und ihm das Herz zu bringen.«

»Aha, so einer war er.«

»So einer, genau. Der Soldat ging also durch Tönning, nur war der Erste, den er traf, sein eigener Bruder. Er sah sich um, und als er merkte, dass niemand die beiden beobachtete, nahm er seinem Bruder den Pudel ab, den der spazierenführte, tötete ihn und brachte Steenbock das Herz. Steenbock schloss sich damit in seiner Turmkammer ein und blieb dort die ganze Nacht. Die Wachen hörten seltsame Geräusche, Beschwörungsformeln, Flüche, Krach, als ob der ganze Turm auseinanderflöge. Am nächsten Morgen rückten die Dänen an. Und auf dem Wehrgang der Festung standen Hunderte kleine Pudel mit viel zu großen Gewehren, die sie nicht bedienen konnten.«

»Und Steenbock?«

»Der musste Tönning übergeben. Das oder vielleicht auch sein Teufelsbündnis ließ ihm nach dem Tod keine Ruhe. Jedenfalls fährt er nachts immer mit seiner Kutsche in den Straßen von Tönning herum, außer in denen, die mit anderen Straßen ein regelmäßiges Kreuz bilden. Auf dem Bock sitzt ein kopfloser Kutscher. Es bringt kein Glück, ihm zu begegnen, man hört einen Knall und wird blind. Außer man ist der Nachtwächter, dann kommt man ungeschoren davon.«

»Was muss er auch mit dem Teufel paktieren«, sagte ich. Und erinnerte mich im selben Moment an den Mann, der mich aus dem Hof erlöst hatte, in dem ich meine Kindheit verbracht hatte, um mich in eine tiefe Schuld zu verstricken. Einen Teufelspakt schließt man schneller ab, als man glaubt, dachte ich. Und merkt es gar nicht.

»Ja«, sagte Jesko, »er hätte es viel leichter haben können, wenn er auf die Alten von Tönning gehört hätte. Die erzählen die Geschichte vom sagenhaften König Dan, der in einem Hügel bei Tönning verborgen ist, zusammen mit einem Heer von zweihunderttausend Mann. Einmal sollte in Tönning ein Soldat hingerichtet werden. Man versprach ihm aber die Begnadigung, wenn er in den Hügel hineinsteigen und den König Dan suchen würde. Der Soldat in seiner Todesangst steigt in den Hügel und trifft dort auf das schlafende Heer, in seiner Mitte der uralte König. Der wacht auf und fragt den

Soldaten, warum er ihn störe? Der Soldat bittet ihn um eine Botschaft an seinen König draußen in Schleswig. Da sagt ihm Dan, der andere König möge, wenn er in Not gerate, nur kräftig an ihn denken, dann käme er mit seinen zweihunderttausend Mann aus dem Hügel, um ihm zu helfen.«

»Das hat Steenbock wohl nicht gewusst? Aber er war ja auch kein König, nur General.«

»Genau«, sagte Jesko, zog den Korken aus einer Flasche mit klarer Flüssigkeit und hielt sie mir hin. »Und kennst du die Geschichte von der weißen Frau von Sankt Peter?«

So kamen wir bis Tönning.

Jesko brachte mich an Land. »Man sieht sich«, sagte er zum Abschied mit seiner Fistelstimme. Dann fuhr er weiter die Eider hinab und aufs Meer.

Ich stand mit meinem Ledersack am Hafen und sah mich um. Er war groß, hier ankerten bei weitem mehr Schiffe als in Husum. Ich sah Lagerhäuser und eine Werft. Auf der Wallanlage zur Eider hin stand ein Gasthaus neben dem anderen. Wo ein großer Park am Rand des Stadtzentrums angelegt war, könnte das zerstörte Schloss gestanden haben, dachte ich.

Hinter dem Marktplatz und der Kirche sahen die Häuser einfacher aus. Vielleicht würde ich da eine billige Unterkunft finden.

»Herr Söt?«

Ich drehte mich um. Ein schmaler, kleiner Mann, gut, aber nicht teuer gekleidet, stand da, seine aufmerksamen Augen musterten mich von Kopf bis Fuß.

»Sind Sie Herr Söt? Die Beschreibung passt jedenfalls. Ich habe mich schon gefragt, wann Sie endlich ankommen.«

»Was wollen Sie von mir?«

»Nils Larsen.« Er streckte eine Hand aus, die ich mechanisch schüttelte, und lächelte freundlich. »Ich bin der Kutscher von Propst Feddersen. Er schickt mich, um Sie zu ihm nach Garding zu bringen. Natürlich nur, wenn Sie Herr Söt sind.«

»Das bin ich.«

»Sehr schön. Die Kutsche steht auf dem Marktplatz. Gepäck haben Sie weiter keins?«

»Man hat mir gar nicht gesagt, dass ich abgeholt werde.«

»Davon weiß ich nichts. Ich weiß nur, dass der Propst keine Zeit mehr verlieren möchte. Herr Storm und seine Cousine sind vielleicht schon da.«

Ich setzte mich neben ihn auf den Kutschbock. Wir fuhren durch Tönning; je weiter wir uns vom Hafen und dem Marktplatz entfernten, umso kleiner und schmutziger wurden die Häuser. Manchmal kamen wir an Gruppen von jungen Männern vorbei, die offenbar zur nächsten Kneipe wollten, die engen Gassen verstopften und uns Schimpfworte hinterherriefen, wenn Nils Larsen die Peitsche in der Luft knallen ließ. Ich atmete auf, als wir die Chaussee erreichten.

Hinter Tönning änderte sich das Bild. Der Boden war, soweit man das in der Nacht sehen konnte, fett und fruchtbar, überall lagen einzelne Höfe, deren Besitzer wohlhabend sein mussten.

Wir kamen an einer Mühle vorbei und fuhren durch ein

Dorf mit wenig Höfen und einer ansehnlichen Kirche, vorbei an ausgedehnten Weiden, durch ein zweites Dorf und schließlich auf eine Stadt zu, die offenbar im weiten Umkreis die größte Siedlung war.

»Garding«, sagte Nils Larsen. »Hat Ihnen unsere Gegend gefallen? Das letzte Dorf, durch das wir eben gefahren sind, Katharinenheerd, das sollten Sie mal bei Tageslicht sehen.«

Das sollte ich wohl. Bottillas Tante Jella Flohrs aus Katharinenheerd fiel mir ein, von der sie mir erzählt hatte. Die meisten ihrer Verwandten mochten mich nicht, vielleicht wäre es mit ihr einfacher. Bottilla hatte mir empfohlen, sie kennenzulernen. Sie sagte nie etwas ohne Grund.

Nils Larsen lenkte den Wagen durch die breite Straße, die von hier aus in die Stadt führte, vorbei an niedrigen Wohnhäusern, erreichte den Marktplatz und hielt schließlich vor einem großen Steinhaus. Ein Stück weiter führte eine Straße zu dem stämmigen Kirchturm hinauf, der steil und wuchtig in den Himmel zeigte und die Häuser noch kleiner aussehen ließ.

»Bitte, der Propst erwartet Sie.«

Ich nahm meinen Beutel und ging hinter Nils Larsen auf die verzierte Holztür zu. Er führte mich in die Stube. An einem großen, gedeckten Tisch saßen Storm und Constanze, dazu ein kleiner Mann mit dünnem, ziemlich langem Haar und Koteletten. Seine Nase war kurz und ein wenig stumpf, sein Blick lebhaft, und er schien überglücklich zu sein, Storm und Constanze als alte Freunde zu Gast zu haben. Mir winkte er zu, als ich den Raum betrat, stand auf, begrüßte mich und sorgte dafür, dass ich ein Glas mit Punsch und einen Teller mit belegten Broten bekam.

Über mir waren schwere Balken, dunkel gebeizt, die das obere Geschoss trugen. An den Wänden standen verzierte Holztruhen und verglaste Schränke mit prächtig bemaltem Geschirr, und auch die schönen gewölbten Gläser auf dem Tisch zeigten, wie wohlhabend der Propst war.

Constanze erzählte gerade von der Fahrt durch Eiderstedt und von dem herrschaftlichen Haus – »beinahe ein Schloss« –, an dem sie kurz hinter Oldenswort vorbeigekommen waren, mit Zugbrücke über dem Wassergraben und einem seltsam eckigen Turm.

»Hoyerswort«, rief der Propst dazwischen, »der Stolz von Eiderstedt! Jetzt gehört es dem alten Carl Wilhelm Hamkens, aber früher wohnte dort der mächtige Staller Caspar Hoyer, Schwiegervater der berüchtigten Anna Ovena Hoyer. Ein prächtiges Herrenhaus. Und jetzt in Bauernhand, so ist das hier auf Eiderstedt. Ich hörte, dass Hamkens jeden Abend eigenhändig die Zugbrücke hochzieht.«

»Schwiegervater von wem?«, fragte Constanze.

»Ich fürchte, jetzt musst du erzählen, Friedrich«, sagte Storm.

»Noch etwas Punsch, Herr Söt?«, fragte Feddersen.

»Er kann sie nicht leiden, diese Anna Ovena Hoyer«, sagte Storm. »Für meinen Freund, unseren Gastgeber, steht sie für Aufruhr und Ketzerei.«

»Nicht nur für mich«, sagte Feddersen. »Sie brachte Hermann Hoyer, Caspars Sohn und Nachfolger als Staller, eine stattliche Mitgift ein. Außerdem brachte sie neun Kinder zur Welt. Dann starb ihr Mann, und sie öffnete Hoyerswort für alle Häretiker weit und breit – Wiedertäufer, Rosenkreuzer, Mennoniten, alle feierten ihre schändlichen Rituale in der Schlosskapelle. Ein Alchemist war auch dabei. Und die Witwe Hoyer immer mittendrin.«

»So was!«, sagte Storm. »Kriegte sie da keine Probleme?«

»Sie persönlich nicht«, sagte Feddersen, »leider. Die Herzoginmutter in Husum hatte einen Narren an ihr gefressen und kaufte ihr später auch Hoyerswort ab, als Anna Ovena vor lauter Schulden nicht ein noch aus wusste – der Alchemist hatte ihr wohl keinen Stein der Weisen beschert. Sie ging dann mit ihren Kindern nach Schweden und lebte auf einem Gut, das ihr die Witwe des Königs Gustav Adolf geschenkt hatte.«

»Und trieb dort weiter ihre Ketzereien?«, fragte Storm.

»Mach dich nur lustig!«, sagte der Propst. »Sie schrieb Gedichte über Gott und die Welt, über die große Flut von 1634, die sie nur knapp überlebte, gegen meine Vorgänger als Seelsorger und für das schwedische Königshaus. Eines ihrer Gedichte fordert die jungen Männer auf, keine alten Frauen zu heiraten, ein anderes die verwitweten alten Frauen, lieber allein zu leben, als noch einmal einen Mann zu nehmen.«

»Sie wird ihre Gründe haben«, sagte Constanze. »Und wo kommt eigentlich dieser seltsame Name her, ›Ovena‹?«

»Von ihrem Vater«, sagte Feddersen, »Hans Ovens. Aus Koldenbüttel.«

Wir konnten die Mägde in der Küche murmeln und mit

Besteck klappern hören, so still war es plötzlich an unserem Tisch.

»Ovens? Vom Staatshof?«, fragte Storm.

»Die Ovens haben den Hof erst viel später bekommen«, sagte der Propst. »Angeblich haben zwei Brüder Ovens vor hundert Jahren mit dem damaligen Besitzer Karten gespielt. Er setzte alles auf Pik-Ass und verlor. Aber jetzt wüsste ich trotzdem gern, was hier los ist. Warum ein Ruf dieser Enna genügt, damit ihr euch in die Kutsche setzt und mich endlich wieder besuchen kommt.«

Abermals erzählte Storm die Geschichte der letzten Tage, vom Moment, in dem Enna und Hinrich in sein Kontor gekommen waren, bis zum Brand von Koldenbüttel. Die Entscheidung des Amtmanns, ihm den Fall wegzunehmen, überging er.

Dann musste ich berichten, was ich in Friedrichstadt erfahren hatte und in welchem Zustand Lina gewesen war, bevor ich sie nach Husum geschickt hatte.

»Wenn dieser Simon in der Scheune umgekommen ist«, sagte Feddersen, »erwürgt, wie es aussieht, dann sollten wir herausfinden, wen er dort getroffen hat. Es klingt ja alles nach Ennas Begleiter.«

»Hinrich?«, sagte Storm. »Ich kann mir ihn beim besten Willen nicht vorstellen, wie er den kräftigen Simon erwürgt und dann die Scheune anzündet.«

»Aber wer, wenn nicht er?«, fragte Feddersen.

»Fragen können wir ihn gerade nicht, oder?«, sagte Constanze und nahm nachdenklich einen Schluck Punsch.

»Im Gefängnis habt ihr ja nur Enna. Wieso haben die beiden sich eigentlich getrennt?«

»Das wenigstens können wir sie fragen«, sagte Storm. »Und vor allem, warum sie wollte, dass ich nun doch zu ihr komme.«

»Wieso wird sie eigentlich festgehalten?«, fragte Constanze. »Hat sie etwas verbrochen?«

»Sie wurde gestern auf einem Hof in der Nähe aufgegriffen«, sagte Feddersen. »Vermutlich suchte sie etwas zu essen. Weil der Bauer Jan Jacob Jens auf der Marnewarft nicht wusste, was er mit ihr machen sollte, hat er mich zu sich gerufen. Sie hat dann nach dir gefragt, Theodor.«

»Und seitdem ist sie dort eingesperrt?«, fragte Storm. »Gut bewacht? Sie ist uns schon einmal entwischt.«

»Keine Angst, sie läuft nicht weg«, sagte Feddersen. »Sie sitzt im ältesten Teil des Hofs, im Keller, hinter einer starken Eisentür. Es gibt eine Geschichte um den rothaarigen Staller Johann Heistermann, dem der Hof früher gehörte und der dort im Keller einen Holländer eingesperrt hatte, weil der ihm ein Stück Land nicht verkaufen wollte. Er soll in dem dunklen Keller lange Gespräche mit einer Frau geführt haben, die dort an einem Spinnrad saß und spann. Er sah sie nicht, aber er hörte, wie sich ihr Spinnrad leise schabend drehte. Er war der Einzige, der das hörte. Wenn sich der Staller in den Keller schlich und das Ohr an die Tür drückte, dann hörte er nur den Holländer reden. Schließlich soll er verhungert sein. Als das in Garding bekannt wurde, machte man mit Heistermann dasselbe.«

»O Gott«, sagte Constanze. »Im selben Keller?«

»Es ist nur eine Geschichte«, sagte Feddersen. »In der Realität hätte man ihm das niemals angetan, der Mann war schließlich Staller.«

»Da hat er aber Glück gehabt«, sagte Storm. »Der arme Holländer war nicht zufällig auch Staller?«

»Es kann nur einen geben«, sagte Feddersen. »Jedenfalls geht die Geschichte so: Heistermann wurde im Keller eingesperrt hinter einer Tür, die nie wieder geöffnet wurde. Wer immer den Hof seitdem geerbt oder gekauft hat, musste sich verpflichten, die Tür im hintersten Teil des Kellers verschlossen zu lassen. Das wird manchen Überwindung gekostet haben, denn es heißt, der geizige Staller hätte in dem Verschlag auch einen Schatz versteckt, an den deshalb niemand herankommt. Aber die Tür blieb zu, Heistermann dahinter, und sein rotes Haar wächst seitdem immer länger durch die Ritzen zwischen Tür und Rahmen in den Rest des Kellers hinein. Es sei schon fast am Kellereingang angekommen, heißt es.«

Der Probst stand auf.

»Wir können uns das morgen früh ansehen, wenn wir Enna besuchen«, sagte er. »Nils wird jetzt jedem seine Unterkunft zeigen. Ich wünsche angenehme Träume.«

Als alles vorbei war, lagen einige Bauern mit ihren Gefolgsleuten tot im Burghof, auch Räuber mit fürchterlichen Wunden, als hätten ihre Feinde blind vor Wut mit Schwertern, Spitzhacken und Sensen auf sie eingedroschen.

Die anderen Räuber saßen, an Armen und Beinen gefesselt, an die Wand gelehnt, ihre Frauen und Kinder bei ihnen. Viele bluteten. Keiner sagte ein Wort, selbst die Kinder wagten nicht zu jammern, auch nicht, wenn eine fest geschnürte Fessel sie drückte. Die Frauen hatten sich ebenso wild gewehrt wie ihre Männer, als sie in dieser Nacht aus dem Schlaf gefahren waren, aber gegen die zehnfache Übermacht der wütenden Bauern, die in die brennende Burg eingedrungen waren, um ihre Töchter zu holen, kamen sie nicht an.

Es war noch früher Morgen, die Sonne würde bald aufgehen und den grauen Himmel blau färben. Die ersten Vögel sangen in das unheimliche Schweigen hinein.

Zwischen den rauchenden Trümmern im Burghof standen Wachen, die ihre Gefangenen nicht aus den Augen ließen. Die Knechte waren dabei, ihre toten Gefährten vorsichtig aus dem Hof zu tragen und draußen aufzubahren.

Dann holten sie die gefesselten Räuber einen nach dem anderen und ließen sie draußen vor Ove Hering stehen. Hinter ihm bildeten seine Leute einen Halbkreis. Was jetzt kam, wollte sich keiner entgehen lassen. Auf einer Anhöhe, in einigem Abstand, befanden sich die befreiten Frauen. Sie hatten die besten Plätze.

Als Letzte wurden die Frauen und Kinder der Räuber aus der Burg geholt.

Ove Hering ließ sie vor sich bringen und sprach ihr Urteil. Die Kinder würden in die Sklaverei verkauft. Die Frauen wurden eine nach der anderen zum Wassergraben geführt, gut sichtbar für alle. Für das, was jetzt kam, hatte Ove Hering mehr Freiwillige gefunden, als er brauchte. Harte Hände drückten die Köpfe der gefesselten Frauen so lange unter Wasser, bis sie nicht mehr strampelten. Dann wurden sie zur Seite geschoben, für die nächsten. Sechzig Frauen.

Für die Männer war ein Holzblock aufgestellt, auf den sie den Hals legen mussten. Die Bauern, deren Töchter in der Burg gewesen waren, durften als Erste das gewaltige Schwert mit der breiten Klinge heben. Niedersausen lassen. Ein-, zweimal, vielleicht auch ein drittes Mal, wenn der Kopf noch irgendwie am Rumpf hing. Am Ende fiel jeder Kopf ins Gras.

Die Kinder sahen alles mit an. Manche weinten hilflos, die älteren waren starr vor Angst und Wut. Viele machten sich in die Hose. Und von den kleinsten schauten viele zu ihren Müttern, die oben auf dem Hügel saßen und stolz und unnahbar den Blutrausch ihrer Väter und Brüder verfolgten.

Sechzehn

»»Ich weiß nichts davon, ich bin nicht schuld daran!«, stieß sie, noch immer nach Atem ringend, hervor.«

Theodor Storm, »Draußen im Heidedorf«

Wir brachen früh auf. Ich hatte unruhig geschlafen, weil ich aufgeregt wegen Ennas Brief war und auf Erklärungen für die schlimmen und verwirrenden Ereignisse der letzten Zeit hoffte. Wahrscheinlich ging es den anderen genauso.

In der Kutsche zur Marnewarft saßen Feddersen, Storm und Constanze, das war eng genug. Ich saß lieber neben Nils auf dem Kutschbock.

Auf dem Weg aus der Stadt hinaus winkte uns plötzlich eine alte Frau zu. Sie trug ein Kopftuch und einen langen Umhang und stützte sich auf einen Stock. Sie kam mir bekannt vor, doch ich kam nicht darauf, wo ich ihr begegnet war.

»Hast du gesehen, Theodor? Die Alte, die vor dem Haus der van Ovens so rumgeschrien hat. Jetzt war sie ganz friedlich.«

Storm drehte sich auf der Bank um, Feddersen auch. Die Alte winkte wohl noch immer, und Storm erzählte dem Propst von unserer Begegnung in Friedrichstadt. Feddersen kannte sie nicht, aber er meinte, soviel er wisse, seien erstaunlich viele Arme schlecht auf die alte van Ovens zu sprechen. Die Familie sei früher bekannt für ihre Mildtätigkeit gewesen. Seit einigen Jahren würden Arme häufig ohne auch nur ein Stück Brot an der Tür von Katharina van Ovens abgewiesen.

Die Fahrt war nicht lang. Der Propst hatte uns beim Bauern angekündigt. Es gebe zwei Höfe auf der Marnewarft, erzählte Feddersen, und dass der reiche Bauer Behrens, der Schwiegervater von Jan Jacob Jens, den westlichen Hof gekauft und seiner Tochter und ihrem Mann zur Hochzeit geschenkt habe. Seitdem grübele Jens Tag und Nach darüber nach, wie er auch den Osthof in seinen Besitz bringen könne. Er hätte schon überlegt, seinen Nachbarn Jensen wegen angeblichen Landraubs zu verklagen, aber davon hätten ihm alle abgeraten einschließlich seines Schwiegervaters. Jeder wusste, dass der Nachbar zwar weichherzig und ängstlich war, seine Tochter aber Haare auf den Zähnen hatte und sich nichts bieten lassen würde.

Die Wiesen auf beiden Seiten des kurzen Weges waren voller Tau. Manchmal sahen wir die mageren Rinder grasen. Um manche Stellen im Gras machten sie einen Bogen und fraßen alles darum ab, aber nicht den Graswirbel in der Mitte.

»Sie sind wählerisch, die Rinder«, sagte Feddersen, der unsere Blicke bemerkt hatte, »dafür ist aber auch ihr Fleisch so gut. Inzwischen haben viele der Bauern, vor allem die älteren, den Ackerbau ganz aufgegeben und mästen nur noch die Rinder. Damit kann unsere Landschaft aber weniger Menschen ernähren, und viele wandern ab. Gerade in unseren Zeiten, wo die Fabriken in den Städten nur so aus dem Boden schießen, ist es leicht, die Heimat zu verlassen und anderswo Arbeit zu finden.«

»Die Eiderstedter werden weniger?«, fragte Storm. »Gibt es denn hier keine andere Arbeit?«

»Gibt es«, sagte Feddersen, »zum Beispiel im Hafen von Tönning auf den Werften. Aber für viele sind dann die großen Städte wie Hamburg verlockender, wenn man schon seinen Hof verlassen muss. Oder sie heuern gleich auf einem Walfänger an.«

Wir bogen ab und fuhren auf die Warft mit den beiden Höfen zu. Ein Hund bellte von weitem. Als wir näher gekommen waren, sahen wir, dass er wütend an einer Kette zerrte.

In der Tür stand der schmale, hochgewachsene Bauer Jan Jacob Jens. Er war ungefähr gleich alt mit Storm und mir, aber die körperliche Arbeit hatte ihre Spuren hinterlassen. Er wirkte etwas müde und war in den Schultern leicht nach vorn gebeugt. Aber er wollte es sich nicht nehmen lassen, den Propst persönlich zu begrüßen, und ging der Kutsche ein paar Schritte entgegen.

Feddersen fragte nach dem Hof, nach der Aussaat und erklärte uns, dass Jens sich nicht nur auf die Rindermast verließe, sondern weiter den fruchtbaren Marschboden bestelle.

Jens begrüßte uns, und während Nils das Pferd und den Wagen versorgte, gingen wir in die gute Stube des Bauern und tranken mit ihm Tee, den eine ältere Magd servierte. Sie sprach kein Wort und huschte bald wieder aus dem Raum.

»Sie haben Enna also beim Stehlen ertappt?«, fragte Storm.

»Sie war jedenfalls im Garten in der Nähe des kleinen Speichers, allein und ohne sich uns vorzustellen. Thorbjörn, unser Knecht, rief ihr zu, was sie da mache. Sie wollte fliehen, er hielt sie fest und rief nach mir. Sie wehrte sich, aber sprach kein Wort zu uns. Nur bespuckt hat sie uns. Dann haben wir sie in den Keller gesperrt, das ist der einzige Ort hier, wo man jemanden so festsetzen kann, dass er sicher nicht entkommt. Als sie sich beruhigt hatte, wollte sie mit Ihnen sprechen, Herr Advocat. Den Rest wisst ihr ja.«

»Warum ausgerechnet ich kommen sollte, hat sie nicht erklärt?«

»Mit keinem Wort. Sie hat sowieso nicht viel geredet durch die Tür.«

»Wie lange ist das jetzt her?«

»Vorgestern kam sie hierher auf den Hof.«

»Wirkte sie niedergeschlagen?«, fragte Constanze, und der Bauer meinte, das könne er nicht sagen, im Keller sei es dunkel, sie hätten die Tür nicht oft und immer nur kurz geöffnet, um die Gefangene nicht entwischen zu lassen.

Wir dachten wohl alle dasselbe, aber keiner fragte den Bauern danach, ob er Enna wenigstens einen Eimer für die Notdurft hingestellt hatte.

Nils war jetzt fertig mit dem Pferd und stand in der Tür zur Stube.

»Dann wollen wir mal«, sagte Feddersen und stand auf.

»Ich bringe Sie«, sagte der Bauer. Er nahm sich eine Laterne, entzündete den Docht und ging mit uns zu einer Tür, hinter der die Treppe anfing. Die Stufen waren feucht und rutschig und führten tief hinunter in den Hügel. Unten kam eine hölzerne, mit Eisen beschlagene zweite Tür, die der Bauer entriegelte und dann mit einem klobigen Schlüssel aufschloss.

Wir waren jetzt im Vorraum zum eigentlichen Keller. Es war deutlich kühler als in der Stube. Der Bauer hielt die Laterne hoch, so dass wir uns einigermaßen umsehen konnten. Der Raum war fensterlos und bis auf den Lampenschein stockfinster. Wenige Meter vor uns war eine neue Wand, in ihrer Mitte ein schweres Gitter.

»Hier kann man einen störrischen Geschäftspartner schon ein paar Monate einsperren, ohne dass er sich bemerkbar machen kann«, sagte Storm.

»Wissen Sie, ob die Geschichte mit dem Staller und dem Holländer wahr ist?«, fragte Constanze den Bauern.

»Keine Ahnung«, sagte der Bauer, »aber einen roten Bart habe ich mein Lebtag nicht unter dem Gitter gesehen, wenn Sie das meinen.«

»Beruhigend«, sagte Storm. »Schließen Sie uns jetzt das Gitter auf?«

In diesem Moment hörten wir hinter uns, wie Metall auf Metall schabte.

Der Bauer drehte sich zur Tür um. Dann versuchte er sie zu öffnen.

»He!«, rief er und rüttelte am Türgriff. »He! Wer ist da?«

In der Stille, die folgte, hörten wir durch die schwere Tür nicht einmal Schritte auf der Treppe.

»Jemand hat uns eingeschlossen!«

Der Bauer war fassungslos.

»Sie haben doch den Schlüssel«, sagte Feddersen.

»Der nützt uns nichts«, sagte der Bauer. »Der Riegel!«

»Wer war das?«, fragte ich.

»Ich weiß es nicht«, sagte der Bauer.

»Haben Sie draußen jemanden gesehen, Nils?«, fragte Storm.

»Keinen im Garten, Herr Jens. Aber in der Stube die alte Antje.«

»Dann kann niemand unbemerkt gekommen und uns hinterhergeschlichen sein.«

»Antje ist so gut wie taub«, sagte Jens. »Und Thorbjörn wollte heute auf der Weide ein paar Zäune richten. Dass er jeden bemerkt, der ins Haus kommt, glaube ich nicht. Ich verstehe das alles nicht. Was soll das?«

»Was ist eigentlich mit Enna?«, fragte Constanze. »Sitzt sie die ganze Zeit in dieser Finsternis?«

»Eingeschlossen hat sie uns jedenfalls nicht«, sagte Feddersen. »Enna? Hier ist Propst Feddersen. Ich habe Ihren Advocat mitgebracht, Herrn Storm. Enna?«

Der Bauer hielt die Laterne dicht ans Gitter, so dass wir ein wenig von dem abgetrennten Raum sehen konnten. Er roch dumpf und feucht, und ich stellte mir vor, wie damals der Staller seinen Widersacher über Monate dort eingesperrt hatte und schließlich verhungern ließ.

Der Bauer ließ die Laterne kreisen, so dass wir einigermaßen auch in die Winkel sehen konnten.

Von Enna keine Spur.

Für das Gitter hatte Jens einen kleineren Schlüssel dabei. Er schloss auf und drehte einen Teil des Gitters nach vorn.

Bis auf Nils gingen wir alle nacheinander in den abgetrennten Bereich des Kellers.

»Sie muss doch hier sein«, sagte der Bauer. Irrte ich mich, oder zitterte seine Stimme?

»Ich verstehe gar nichts mehr«, sagte Storm. »Gibt es einen zweiten Ausgang aus dem Keller? Wann haben Sie Enna denn das letzte Mal gesehen?«

»Und wie kommen wir hier wieder raus?«, fragte Nils von der anderen Seite des Gitters.

»Das geht nicht mit rechten Dingen zu«, sagte der Bauer leise.

»Seien Sie nicht albern«, sagte Storm. »Ich liebe Spukgeschichten, aber wenn Sie Ihrem rothaarigen Staller Heistermann in die Schuhe schieben wollen, dass wir hier festsitzen und Enna verschwunden ist, dann können wir lange auf Rettung warten.«

»Ich hab was«, rief Constanze aus einer Ecke des Verschlags. »Bringst du mal die Laterne, Theodor?«

Sie hatte sich auf den Boden gehockt und den gestampften Lehm untersucht.

»Da ist nichts«, sagte der Bauer. »Was meinen Sie, wie wir uns den Raum angeschaut haben, als mein Schwiegervater den Hof gekauft hat!«

»Kommst du, Theodor?«

Ich wollte auch sehen, was Constanze entdeckt hatte. Es war eine gleichmäßige Ritze in der Lehmschicht. Als Storm ihr leuchtete, konnte Constanze eine quadratische Fläche freilegen, die an allen vier Seiten durch eine dünne Spalte vom Boden abgetrennt war.

Plötzlich kratzte etwas an der Tür.

Feddersen legte den Finger auf den Mund.

Nils suchte etwas, was er als Waffe verwenden konnte, und fand nichts.

Storm legte den Arm um Constanze, die allerdings eher gespannt als ängstlich wirkte.

Der Riegel war offenbar nicht einfach aufzuschieben. Schließlich ging die Tür auf. Im schwachen Licht der Laterne wurde die Gestalt eines auffallend großen Mannes sichtbar. Mit dichtem, schwarzem Haar.

»Hartmut, ich war noch nie so froh, dich zu sehen«, rief Storm. »Wie hast du uns gefunden?«

»Schwer war das jedenfalls nicht«, sagte Brinkmann. »Seid ihr in Ordnung?«

Brinkmann erzählte, wie er sich auf die Suche nach Enna und Hinrich gemacht und keine Spur von den beiden entdeckt habe. Niemandem seien die beiden aufgefallen. Umso mehr sei aber von dem jungen Advocaten Storm die Rede gewesen. Sein stadtbekannter Schreiber sei aus Husum verschwunden und in Friedrichstadt gesehen worden, der Advocat selbst habe sich mit seiner Braut in die Kutsche gesetzt, um einen Ausflug quer durch Eiderstedt zum Propst Feddersen nach Garding zu machen. Der Rest sei kein Hexenwerk gewesen. Auf dem Hof habe er nur eine halbtaube Frau angetroffen, die ihm nicht weiterhelfen konnte, aber die Kellertreppe sei nicht schwer zu finden gewesen.

»Und jetzt wüsste ich gern, ob eure Reise etwas mit der verschwundenen Millionenerbin zu tun hat.«

»Hat sie«, sagte Storm.

»Mit dem Fall, den der Amtmann ausdrücklich mir übertragen hat?« Brinkmann fragte eher interessiert als entrüstet, so als habe er es bei Storm mit einem Menschen zu tun, dessen erstaunliches Wesen er bisher übersehen hatte.

»Vielleicht sprechen wir oben darüber, bei Tageslicht?«, sagte Storm.

»Das ist wohl besser«, sagte Feddersen.

»Aber wir sind hier noch nicht fertig«, sagte Constanze.

»Das stimmt«, sagte Jens zu Brinkmann. »Sie hat da was in meinem Keller entdeckt, und ich will wissen, was.«

»Wir könnten Werkzeug gebrauchen«, sagte Nils.

Er blieb als Posten im Keller, während wir die Treppe hinaufgingen. »Ihr seht staubig aus«, sagte Brinkmann, oben angekommen, zu Storm und strich ihm etwas von der Schulter. »Was hättet ihr eigentlich gemacht, wenn ich euch zuerst in Tönning oder Katharinenheerd gesucht hätte?«

Der Bauer versuchte kurz, aus Antje irgendetwas herauszubekommen, aber sie hatte nichts gesehen oder gehört. Thorbjörn wollte er später fragen, doch da er gar nicht in der Nähe des Hofs gewesen war, machte sich Jens keine großen Hoffnungen.

Wir wärmten uns etwas auf, dann kam der Bauer mit einem Spaten und einer Hacke zurück, und wir gingen wieder in den Keller.

Nils wartete schon. Der Propst hielt die Laterne, Nils bewachte die Tür, damit wir kein zweites Mal eingesperrt würden, und Jens, Storm und Brinkmann gingen in das Verlies. Was Constanze gefunden hatte, stellte sich als eine Metallplatte im Boden heraus. Sie war ganz mit Lehm bedeckt. Erst als Storm und Brinkmann sie freigelegt hatten, klang es dumpf, wenn man darauf klopfte.

»Das ist vielleicht die Erklärung, wie Enna entkommen konnte«, sagte Feddersen.

»Das ist verrückt«, sagte Storm. »Wie kommt es, dass Enna etwas findet, was Generationen von Hofbesitzern nicht entdeckt haben?«

»Wovon sprechen Sie?«, fragte der Bauer.

»Es sieht so aus, als hätte Constanze eine geheime Öffnung entdeckt, unter einer Platte hier im Boden«, sagte Storm.

»Eher ein Gang als eine Höhle«, sagte Brinkmann, »oder glaubst du, sie sitzt jetzt die ganze Zeit unter uns und wartet, bis wir sie finden?«

»Können Sie die Platte entfernen?« Feddersens Stimme war heiser vor Aufregung.

»Sie sitzt nicht besonders fest«, sagte Storm. »Kein Wunder, wenn sie vor kurzem schon einmal abgenommen worden ist. Achtung, gleich ist sie frei.«

Die Öffnung, die zum Vorschein kam, war so klein, dass Storm oder Brinkmann hindurchgepasst hätten, aber Enna in Gefahr geraten wäre, stecken zu bleiben. Storm nahm die Laterne und leuchtete hinein.

»Vielleicht ein Gang, vielleicht eine Höhle«, sagte er. »Aber irgendwas ist da. Ich sehe mal nach.«

»Lassen Sie, Herr Advocat«, sagte der Bauer. »Ich mache das selbst. Auf meinem Hof.«

Storm hielt die Laterne für ihn. Die Grube war nicht tief, Jens ließ sich vorsichtig hinunter. Er bückte sich nach etwas, das auf dem Boden lag und von einem Ende der Grube zum anderen reichte. Das Licht der Laterne war nicht hell genug, um vom Grubenrand zu sehen, was Jens in der Hand hielt. Nur dass es lang und schmal war, ein Stab vielleicht oder eine dünne Keule.

»Helfen Sie mir«, sagte er und streckte beide Arme aus.

Storm und Brinkmann zogen ihn nach oben.

Als wir alle wieder in der Stube waren, zeigte uns Jens seinen Fund. Ein Kupferrohr, an einer Seite offen, leer. Auf dem Verschluss der anderen Seite entdeckten wir ein geprägtes Bild. Es war keine Überraschung für Storm und mich: eine Frau mit wehendem Haar und gezücktem Schwert auf einer Brücke.

Siebzehn

»Auch meiner lieben Eltern gedachte ich, wenn sie mich hier an Gottes Altar so elendiglich zerrissen finden sollten.«

Theodor Storm, »Renate«

Wir verließen die Marnewarft nach dem Mittagessen. Der Bauer – das wussten wir – würde im Moment, in dem wir zur Tür hinaus waren, alles stehen und liegen lassen, um das Verlies in seinem Keller noch einmal von Grund auf zu untersuchen. Der Propst hatte ihm für den übernächsten Tag seinen Besuch angekündigt, um von ihm zu hören, was die Suche ergeben hätte.

Das Rohr hatte der Bauer uns nicht ausgehändigt, auch nicht ausgeborgt. Wir hatten es uns in seiner Stube noch genauer angesehen, innen und außen, und weiter nichts gefunden.

Auf der Fahrt nach Garding erzählte Feddersen uns die Geschichte von Martje Flohrs, der Eiderstädterin aus Katharinenheerd, und von ihrem Trinkspruch, zu dem sie von den schwedischen Soldaten im Haus ihres Vaters genötigt wurde. Der lautete: »Et gah uns wol op unse olen Dage« und werde bis heute bei jedem Fest angebracht.

»Ein mutiges Mädchen«, sagte Constanze. »Und was

wurde eigentlich aus dieser Fentje, von der uns die alte Frau van Ovens erzählt hat? Das Bauernmädchen, das gefangen in dieser Raubritterburg auf Westerhever saß und die Zugbrücke heruntergelassen hat?«

»Das Mädchen auf den Bildern? Was aus ihr persönlich wurde, weiß ich nicht. Aber was sie bewirkt hat, schon. Die Raubritter wurden hingerichtet, ihre Frauen ertränkt, die Kinder in die Sklaverei verkauft. Die Burg aber, von der acht Jahre lang die scheußlichsten Verbrechen ausgingen und in der sie begangen wurden, stand nicht mehr lange, nachdem sie erobert worden war. Die siegreichen Bauern haben sie abgebrochen und mit den Steinen die Kirche von Westerhever gebaut. Die Warft, auf der sie stand, lag lange wüst, und wer immer Steine zum Bauen brauchte, hat sich an ihr bedient.«

»Das heißt, in allen möglichen Häusern dort sind Teile der Burg verbaut?«, sagte Constanze.

»Ja, die Besitzer der Häuser hat das wohl nicht groß gestört. Später wurde auf der Wogenmannswarft sogar das Pastorat von Westerhever neu gebaut, es heißt sogar, auf dem alten Fundament. Ob die Bewohner jemals von Erscheinungen geplagt wurden, weiß ich nicht.«

»Das wäre kein Wunder«, sagte Storm, »bei so viel Leid.«

»Nicht nur Leid«, sagte Constanze. »Fentje hat sich gewehrt und wie! Eigentlich ist die Burg dadurch auch ein guter Ort.«

»Was wurde aus den befreiten Frauen?«, fragte Strom den Propst. »Ist dazu irgendwas überliefert?«

Feddersen wusste nichts darüber, und Brinkmann drängte darauf, sich noch einmal in der Stube des Propstes zusammenzusetzen und alles zu besprechen.

Der Propst bewirtete uns mit getrocknetem Lammfleisch und frischem Eiderstädter Brot.

»Habe ich das eigentlich richtig verstanden, Theodor«, sagte Feddersen, »dass du mit dem Fall gar nichts mehr zu tun haben solltest?«

Storm murmelte etwas von »Mandantin« und »Ermittlungen unterstützen«, und Brinkmann meinte, Unterstützung könne er durchaus brauchen, da ihm vieles an diesem Fall ganz unklar sei. Er frage sich zum Beispiel, wie und wohin Enna aus dem Keller der Marnewarft geflohen sei, wer den Riegel vor die Kellertür geschoben und uns eingesperrt habe, was das für ein leeres Kupferrohr sei und womit es vielleicht gefüllt gewesen sei. Und vor allem wolle er wissen, wo sich Hinrich gerade befinde, falls er überhaupt noch am Leben sei.

»Das ist die Frage«, sagte Storm. »Er hat sich mit Simon in dieser Scheune getroffen und das offenbar überlebt, anders als Simon. Er muss einen mächtigen Schutzengel haben.«

Ich musste wieder an Johann Fenner denken, den Mann, für den ich niederträchtige Dinge getan und schlimme Aufträge ausgeführt hatte. Er hatte sich selbst als »Schutzengel« bezeichnet und dabei diejenigen Menschen vernichtet, die sich nicht unter seinen Schutz stellen wollten.

»Und Enna?«, fragte Brinkmann. »Ist sie wieder mit ihm zusammengetroffen? Wo ist sie jetzt, warum ist sie überhaupt vor uns geflohen. Und wo sollen wir mit der Suche nach ihr anfangen?«

»Ich würde«, sagte Constanze, »die Bilder ernst nehmen.«

»Was für Bilder?«, fragte Brinkmann.

»Ich meine die auf den Medaillons und dem Rohr«, sagte Constanze. »Enna erscheint mit einem Medaillon bei Theodor, es ist das einzige Beweisstück für ihre abenteuerliche Geschichte. Das Medaillon aus Clausens Geheimfach ist das nächste. Und jetzt das Rohr im Verlies, das irgendjemand dort zurückgelassen hat, wahrscheinlich nachdem er es geleert hat. Wenn es jedenfalls stimmt, dass die Frau auf den Medaillons die mutige Fentje auf der Brücke der Wogenmannsburg ist, dann sollten wir uns auf Westerhever umsehen.«

»Ich verstehe nur nicht«, sagte Storm, »wer uns dieses leere Kupferrohr so ausdrücklich in den Weg gelegt hat. Enna? Sie hat mich immerhin zu sich bestellt, aber nicht auf mich gewartet.«

»Oder Katharina van Ovens«, sagte Constanze. »Sie hat uns doch diese Geschichte erzählt, als sie das Medaillon gesehen hat. Sonst hätten wir doch gar nicht gewusst, was darauf abgebildet ist.«

»Die alte Dame wird sicher nicht persönlich in das Erdloch im Verlies geklettert sein, um das Rohr dahin zu legen«, sagte Brinkmann. »Und woher hätte sie überhaupt das Versteck kennen sollen? Also gut. Fahren wir nach Westerhever. Bis zum Nachmittag sollten wir dort sein.«

»Wir?«, fragte Storm. »Ich dachte, ich sei für den Fall gar nicht mehr zuständig.«

»Wie gesagt, ich kann deine Hilfe brauchen, Theodor«, sagte Brinkmann, »und was Krogh und seinen Auftrag angeht, werde ich ihm das schon erklären.«

Storm lenkte die Kutsche. Brinkmann, Constanze und ich saßen auf der Bank. Feddersen hatte uns eine Empfehlung an den Westerhever Pfarrer mitgegeben und den Weg geschildert, hatte vor schlechten Straßen gewarnt und eingeräumt, dass es gute Straßen in dieser Gegend Eiderstedts allerdings nicht gebe, dass aber ein geschickter Kutscher auch dort schon an sein Ziel kommen werde.

Storm steuerte die Kutsche zum Dorf Poppenbüll und weiter nach Nordwesten. Der Tag war warm und trocken, ein leichter Wind wehte, und wir spürten, dass wir immer weiter aufs Meer zufuhren. Manchmal konnten wir in der flachen Landschaft die großen Haubarge auf ihren Warften sehen, und die Vorstellung fiel mir nicht schwer, wie diese Gegend einmal aus lauter sumpfigen Inseln geschaffen wurde, von Menschen, die beharrlich Deiche bauten, um das Land zu verbinden.

Irgendwann auf dem Weg nach Westerhever müssen wir auch den alten, längst zugewachsenen Meeresarm überquert haben, der die ehemalige Insel vom übrigen Land abgetrennt hatte; ich hätte nicht sagen können, wo genau das war. Der Wagen rumpelte, und je näher wir Westerhever kamen, umso häufiger wurden die Gräben, an denen sich unser Weg entlangschlängelte und von denen manche kleine Brücken besaßen.

Zwischen den Haubargen tauchten eine Windmühle und der wuchtige Kirchturm auf.

Das Dorf sah aus, als müsse es sich jeden Tag gegen Wind und Wetter stemmen, die wenigen Bäume gebeugt, die Sträucher zerzaust. Die großen Bauernhäuser auf den Warften trugen ihre Dächer wie tief ins Gesicht gezogene Hüte, und ich stellte es mir finster in ihnen vor. Im Sommer würde man viel Zeit draußen verbringen, aber in der Zeit der Winterstürme?

Wir fanden das Pastorat, auch ohne dass uns jemand den Weg zeigen musste. Es wirkte tatsächlich wie eine Burg, ein stattlicher, aus mehreren Häusern zusammengefügter Bau, umgeben von Hecken und einem Wassergraben. Rechts von unserem Weg führte eine Zufahrt zum Haus. Es war eine eigene Welt, abgesetzt von dem Dorf, in dem auch die übrigen Haubarge jeweils für sich standen.

Die geschnitzte Haustür war mit zehn kleinen Rahmen verziert und bunt bemalt, und falls es hier Armut gab, dann musste der Pastor offenbar nicht darunter leiden.

Sie dürfe uns nicht hereinlassen, sagte die Magd, die auf unser Läuten erschien, der Pastor sei nicht im Haus und wünsche keine Besucher in seiner Abwesenheit. Wir könnten es später noch einmal versuchen. Storm ließ Feddersens Brief da. Auch die Kutsche durften wir unterstellen und das Pferd auf einer Wiese grasen lassen.

Brinkmann schlug vor, die Kirche anzuschauen, schließlich sei sie auch ein Zeugnis dieser schrecklichen Geschichte und trage davon vielleicht noch Spuren. Als wir davorstanden, war es schwer, zu glauben, dass das niedrige Kirchenschiff und der bullige Turm miteinander ein gemeinsames

Gotteshaus bilden sollten. Auch diese Kirche stand auf einer Warft, der höchsten weit und breit, und reckte den Turm stolz in den Himmel.

Das Schiff war dagegen nicht besonders hoch, die schweren Balken unter der flachen Decke verstärkten noch den Eindruck eines gedrängten Innenraums, in dem man auch eine Belagerung aushalten könnte. Oder eine Sturmflut; die Kirchentür konnte man mit einem massiven Holzriegel von innen gegen das andrängende Wasser sichern.

Dass in der Kirche der Platz beschränkt war, merkte man überall: Der Chor fehlte, die Kanzel hing über dem Altar, und die wenigen Bänke drängten sich im schmalen Schiff und auf der Empore an der Westseite. Bilder gab es nicht, nur eine Christusfigur und einen goldenen Engel, der mit einer Wasserschale in den Händen über dem Taufstein schwebte.

»Das Dorf sieht aus wie eine Hallig«, sagte Constanze. »Die einzelnen Warften, der lange Deich, der sie einschließt. Und dann die massive Kirche als Schutz für den Fall, dass die Flut trotzdem hineinströmt.«

»Bei euch in Segeberg ist das ganz anders«, sagte Storm, »diese niedliche Ostsee, die ihr besucht, wenn ihr mal das Meer sehen wollt! Wir an der Westküste vergessen nie, mit wem wir es jenseits der Deiche zu tun haben. Die alten Leute in Husum erinnern sich an Sturmfluten, die das Wasser vom Hafen bis zur Krämerstraße getrieben haben, an das Brüllen der Ochsen, die auf den Marschwiesen ersoffen sind, die Schreie der Menschen, die in ihren Häusern vom Wasser eingeschlossen waren. Und hier draußen erst!«

»Wenn dann die See auch noch die Seeräuber hierhertreibt«, sagte Brinkmann. »Das habe ich richtig verstanden, oder? Die Räuber haben sich hier ihre Burg gebaut, weil die große Flut ihre Heimatinsel Strand zerstört hat?«

»Ich muss jetzt aber kein Mitleid mit ihnen haben, oder?«, sagte Constanze.

»Natürlich nicht«, sagte Brinkmann. »Aber viel blieb ihnen nach der großen Flut nicht mehr. Was glauben Sie, hätten die Bauern von Westerhever den Männern von Strand geantwortet, wenn die freundlich gefragt hätten, ob sie sich hier ansiedeln und Land bestellen dürften?«

»Dass sie selbst kaum genug zu beißen hätten?«

»Wahrscheinlich. Und dann?«

»Und dann mussten sie den Bauern das wenige nehmen, was sie noch hatten, und ihre Töchter dazu? Ich weiß nicht, wie Sie das rechtfertigen wollen, Herr Brinkmann.« Constanze sagte das völlig ruhig, mit einem Lächeln, das wie versteinert wirkte.

Storm schlug vor, es noch einmal im Pastorat zu versuchen.

Diesmal empfing uns der Pfarrer Dircksen auf der Schwelle seines Hauses. Er musste schon über siebzig sein mit seiner gemütlichen Stirnglatze und dem weißen Bart. Unter seiner Weste spannte sich ein stattlicher Bauch. Er bat um Entschuldigung dafür, dass er uns erst jetzt empfangen könne, vermied es aber, einen Grund zu nennen. Ich vermutete, dass die Magd es nicht gewagt hatte, seinen Nachmittagsschlaf zu unterbrechen.

Jetzt war er wie aufgekratzt. Er bat uns in die Stube, ließ

uns Tee servieren und erkundigte sich ausgiebig nach allem, was in Husum geschehen war, nach alten Freunden, nach Kaup und Krogh. Auch vom Propst Feddersen wollte er hören. Dann endlich fragte er, was er für Storm und Brinkmann tun könne, und Storm erzählte ihm von den Ereignissen der letzten Tage und dass er immer wieder auf die Seeräuber von Westerhever stoße und darauf, wie sie schließlich durch eine mutige Frau besiegt worden seien.

»Fentje Wolters«, sagte der Pfarrer. »Ja, für das, was sie getan hat, ist sie hier unvergessen. Auch wenn später ein Schatten auf sie gefallen ist, um es mal so zu sagen.«

Er machte eine Kunstpause, und Constanze tat ihm den Gefallen, in die Stille hinein zu fragen: »Was meinen Sie genau?«

»Wissen Sie, es gibt eine Geschichte hier über sie, die sich hartnäckig hält. Fentje Wolters soll nach ihrer Befreiung auf den Hof ihres Vaters zurückgekehrt und mit allem unzufrieden gewesen sein. Mit der Art, wie die Menschen dort zusammenlebten, wie ihr Vater den Hof führte, mit ihrer Schwester Hanna, eben mit allem. Natürlich war es nicht leicht, Freier für Hanna und Fentje zu finden …«

»Natürlich?«, fragte Constanze eisig.

»Ich meine«, Dircksen war aus dem Konzept gebracht, »besonders Hanna hatte nach ihrer Zeit auf der Wogenmannsburg nicht mehr viele Bewerber, obwohl ihr Vater bei der Mitgift nicht knausern wollte. Fentje war ja nur kurz Gefangene dieser Wüstlinge gewesen.«

»Na dann.«

»Jedenfalls war das alles nicht leicht für den Vater der Schwestern. Und Fentje machte mit ihren Bemerkungen und Reden alles nur noch schlimmer. Es heißt, dass sie sich mit den dreizehn anderen Mädchen, die mit ihr in Gefangenschaft gewesen sind, getroffen hat: anfangs heimlich, später recht offen. Worüber sie gesprochen haben, wissen nur sie allein. Aber im Dorf hat das wohl für böses Blut gesorgt.«

»Das heißt?«, fragte Constanze. Sie gab sich keine Mühe mehr, Dircksen gegenüber höflich zu sein, und der Pfarrer schaute hilfesuchend zu den beiden männlichen Gästen: Konnte niemand diese Person aufhalten? Storm erwiderte seinen Blick mit freundlicher Skepsis. Er würde seine Verlobte sicher nicht daran hindern, den Pfarrer zu zwingen, Farbe zu bekennen.

»Das heißt, dass die jungen Männer nicht gerade Schlange standen, um eine der vierzehn jungen Frauen zu heiraten. So geht jedenfalls die Geschichte, die von ihnen erzählt wird.«

»Was wollten denn die Frauen, warum trafen sie sich?«, fragte Constanze.

»Das weiß niemand so genau«, erwiderte Dircksen. »Aber sie sollen nach ihrer Befreiung eine verschworene Gemeinschaft gebildet haben, um Fentje Wolters. Ob das stimmt, kann niemand mehr sagen. Aber warum interessiert Sie das so sehr?«

Storm zeigte ihm das Medaillon, das wir bei Clausen gefunden hatten. Der Pfarrer kniff die Augen zusammen und betrachtete es lange. Dann legte er es zurück in Storms ausgestreckte Hand.

»Wie es scheint, ist Martje Flohrs nicht die einzige mutige Eiderstädterin, an die sich die Leute erinnern«, sagte Storm.

»Ich weiß davon nichts«, entgegnete der Pfarrer wieder. »Und die Leute haben hier andere Sorgen. In meiner Gemeinde sind viele arm, sie leben in kleinen Hütten direkt am Deich und arbeiten als Tagelöhner, um ihre vielen Kinder zu ernähren. Das ist keine Frage von Mut, sondern eine von Fleiß und Gottvertrauen. Das ist das, was ich ihnen predige und dessen Früchte ich manchmal sehen darf.«

In diesem Moment schlug Dircksens Wanduhr achtmal.

»Schon so spät«, sagte Storm erstaunt. »Die Sonne geht doch noch lange nicht unter.«

»Ja, unsere Besucher muss das verwirren«, sagte der Pfarrer, »sehr verständlich! Sie müssen wissen, dass wir hier im Kirchspiel die Uhren absichtlich vorstellen, damit die Leute früher mit der Arbeit anfangen. Doch, wirklich! Sie stehen früher auf und gehen dafür auch früher ins Bett.«

»Ist das dann nicht egal?«, fragte Constanze. Sie hatte den Blick über das ziemlich vollgestopfte Wohnzimmer des Pfarrers gleiten lassen, über die einfachen holzgeschnitzten Verzierungen auf den geschwungenen Stuhllehnen, die Truhen und Schränke an der Wand, die Täfelung.

»Es ist besser, im Dunkeln die Arbeit zu beginnen, als sie vorzeitig zu beenden, nur weil es dunkel wird«, sagte Dircksen. »Die Arbeit geht hier nicht aus, am Deich und bei den Tieren ist immer etwas zu tun, oft auch in der Mühle. Und wer nichts findet, um sein Brot zu verdienen, der geht ins Arbeitshaus im Nachbarort.«

»Aber den Bauern auf den Warften geht es gut?«

Constanze, natürlich. Ich hatte sie schon immer gemocht und auf dieser Reise jeden Tag noch mehr.

»Bitte? Doch, die meisten Bauern können ihre Familien ernähren. Sie haben natürlich auch ihre Sorgen.«

»Das Haus, in dem wir sitzen«, fing Brinkmann jetzt verbindlich an, »ist das tatsächlich auf dem Fundament der zerstörten Seeräuberburg gebaut?«

»So heißt es, ja«, sagte der Pfarrer. »Ich weiß es natürlich nicht«, und Constanze verdrehte die Augen vor so viel Nichtwissen, »denn es gibt keine Aufzeichnungen darüber.« Ein strenger Blick auf Constanze. »Die Burg müsste eigentlich größer gewesen sein als dieses Haus hier, wenn dort sechzig Männer mit ihren Familien gelebt haben sollen. Samt ihren Tieren.«

»Und den Gefangenen«, sagte Constanze, »obwohl man das natürlich nicht genau wissen kann.«

»Zweifellos«, sagte Dircksen.

»Die Burg wurde dann abgetragen«, sagte Storm. »Viele Steine waren für die Kirche dann nicht mehr übrig, oder? Ich meine,«, sagte er, weil ihn der Pfarrer freundlich, aber verständnislos anschaute, »weil das Schiff so eng und niedrig ist.«

»Das Kirchenschiff hat allerdings nichts mehr mit der alten Kirche zu tun, es wurde vor vierzig Jahren ganz neu gebaut. Aber der Turm stammt noch aus der Zeit, als die Wogenmannsburg zerstört wurde. Auch wenn das Kirchspiel Westerhever ihn gern abgerissen und ersetzt hätte. Aber er wird gebraucht, so wie er ist, denn die Seeleute orientieren sich an seinem Anblick.«

»Ach wirklich?«, meinte Storm. »Dann ist der Turm die einzige Erinnerung an die Menschen, die die Seeräuber vertrieben haben. Könnten wir ihn vielleicht besichtigen?«

Dircksen wirkte so, als hätte er sich auf einen ruhigen Abend am Kachelofen gefreut, den er nun in Gefahr sah.

»Mein Freund Feddersen hat Sie ganz richtig beschrieben, Herr Advocat. ›Umfassend interessiert‹, schreibt er in seinem Brief. Nun denn.«

Der Pfarrer stand auf, rief nach der Magd und erklärte ihr, was wir vorhätten und dass er wohl in einer halben Stunde wieder zurück sei. Anstalten, uns einen Platz zum Übernachten anzubieten, machte er nicht, und ich richtete mich schon auf eine nächtliche Kutschfahrt über schwieriges Gelände nach Garding ein. Auch ein Essen würden wir hier wohl nicht bekommen.

Wir verließen das Haus, überquerten den Weg und stiegen zur Kirchwarft hinauf. Der alte Turm wurde an einer Ecke von einer riesigen schrägen Steinmauer gestützt. Wahrscheinlich hatte ihm der Wind mächtig zugesetzt, dachte ich, aber der Pfarrer erklärte, dass es der Untergrund sei, der Warftboden, der sich durch das eindringende Meerwasser bewege. Und mit ihm der Turm oder Teile von ihm. Deshalb der klobige Hilfspfeiler.

»Dann kommen Sie mit«, sagte Dircksen. »Wir steigen nach oben und öffnen die Fenster. Der Blick von dort ist wirklich beeindruckend.«

Wir folgten ihm in den Turm und ins oberste Geschoss. Er fand sich im Halbdunkel gut zurecht. Plötzlich stolperte er und wäre gefallen, wenn Brinkmann, der dicht hinter ihm ging, ihn nicht gehalten hätte.

»Was ist?«, fragte er.

»Ich weiß nicht«, sagte der Pfarrer, »irgendwas auf dem Boden. Ich bin dagegengestoßen. Etwas Weiches.«

Constanze, Storm und ich blieben, wo wir waren, es war zu eng für uns alle.

»Warten Sie, ich öffne ein Fenster, dann sehen wir, was es ist«, sagte Dircksen.

Mich machte es unruhig, dass er dafür so lange brauchte. Endlich fiel etwas Licht von außen in den Turm.

»O Gott«, sagte Brinkmann. Er ging dorthin, wo der Pfarrer stand, ohne sich zu rühren.

Sie rückten näher zusammen, so dass wir dazukommen konnten. In der Mitte des Stockwerks lag eine Gestalt, zusammengekrümmt und regungslos, zweifellos tot. Hinter ihr befand sich ein Spalt im Mauerwerk des Turms, groß genug, um die Hand hineinzustecken.

Brinkmann war der Erste, der etwas unternahm. Er ging reihum und öffnete die übrigen sieben Fenster.

Nun, im vollen Abendlicht, erkannten wir den Toten in einer Lache von Blut. Simon war der Letzte, den wir hier erwartet hätten. Simon, unauffällig gekleidet wie ein gewöhnlicher Handwerker. Ohne seine Livree.

Achtzehn

»Das Anrauschen des Meeres, das sanfte Wehen des Windes – es ist seltsam, wie das uns träumen macht. Als ich aufstand, war von Susanne nichts zu sehen. Ich ging eine Strecke an dem Ufer hin, während über mir die Möwen gleich ungeheuren Schneeflocken in der Luft tanzten.«

Theodor Storm, »Eine Halligfahrt«

Keiner von uns blieb länger im Turm als nötig. Dass wir nichts mehr tun konnten, dass der Mann zweifellos tot war, aber noch warm, war uns rasch klar. Brinkmann hielt es für seine Pflicht als Amtshaussekretär, die Leiche wenigstens oberflächlich zu untersuchen, bevor ein herbeigerufener Arzt das tun würde. Er stellte eine Wunde zwischen den Schultern des Mannes fest und fragte Storm, ob er glaube, dass wir den Mörder noch irgendwo in der Nähe finden würden. Wonach genau wir dabei suchen würden, fragte Storm, woran wir den Mörder erkennen sollten, und Brinkmann sagte, er werde trotzdem fragen lassen, ob jemand Fremdes heute in der Umgebung gesehen worden sei, das sei doch schon mal ein Anfang.

»Jemand Fremdes«, sagte Storm, »na ja, wenn du meinst.«

»Ich verstehe überhaupt nichts mehr«, sagte Brinkmann,

als wir wieder vor der Kirche standen. »Simon war in der Scheune in Koldenbüttel verbrannt, das dachten wir wenigstens. Das ist er aber offensichtlich nicht, wenn der Mann im Turm wirklich Simon ist, wie ihr glaubt. Bist du dir sicher, Theodor?«

Storm sagte, er habe Simon zwar nur ein paarmale und flüchtig gesehen, aber das Gesicht sei prägnant genug, um es auch so wiederzuerkennen. Constanze war verstört, so wie wir anderen auch, und wollte sich nicht festlegen. Aber auch sie hielt den Toten für Simon.

Ich war mir sicher. Alles, was Lina mir von ihrer Ehe erzählt hatte, stand mir vor Augen, als ich den Toten ansah, und überall in seinen Zügen glaubte ich den Mann zu erkennen, der Lina gequält und geängstigt hatte. Dass er nicht friedlich aussah, war kein Wunder, aber dass noch die Leiche brutal auf mich wirkte, nahm ich als Zeichen.

Aber wenn es tatsächlich Simon war, der im Turm lag, wer war dann in der Scheune verbrannt, und warum trug er eine Hose, die der von Simons Livree glich?

Der Pfarrer hatte sich kreidebleich entschuldigt, er müsse sich dringend hinlegen. Er humpelte die Kirchwarft hinunter, sein Gang straffte sich merklich, je näher er dem Pastorat kam. Angeboten, ihn zu begleiten und noch einmal seine Gäste zu sein, hatte er uns nicht.

»Warten Sie«, rief Brinkmann. Er rannte hinter dem Pfarrer her und sprach ein paar Worte mit ihm. Glücklich schien Dircksen darüber nicht, dann nickte er resigniert und ging in sein Haus.

Brinkmann kehrte zurück zu uns.

Wenig später fanden wir den Dorfkrug, ein altes, stolzes Gebäude, und bezogen einen Tisch in der Ecke. Durch die alten Bleiglasscheiben drang kaum Licht. Der Wirt hatte nicht viel übrig für Beleuchtung, zwei magere Öllampen hingen von der Decke in die Schankstube, doch uns war der funzelige Schein ganz recht.

Brinkmann bestellte drei Klare und einen Tee, und Constanze hob wortlos und so unwiderstehlich einen Finger, dass Brinkmann die Bestellung schnell in vier Klare änderte.

Außer uns war der Dorfkrug leer. Nur der Wirt hielt sich im Hintergrund, kam aber nicht an unseren Tisch.

Es war schwer, nach all dem Entsetzlichen der letzten Tage, das immer verwirrender wurde, wieder in ein Gespräch zu kommen. Storm fiel das am leichtesten, wenn er sich alles vor Augen hielt, wie ich wusste. So kam es.

»Also«, sagte Storm, »Herr Söt hat gehört, dass Simon einen Landstreicher und Erpresser treffen wollte. Dann brennt in Koldenbüttel eine Scheune, ein Toter, dessen Kleidung nach Simons aussieht, der aber sonst schier unkenntlich verbrannt ist, wird aus den Trümmern gezogen. Simons Frau hält ihn für tot, auch die alte Ovens scheint ihn zu betrauern. Offenbar hat er seinen Tod jedoch nur vorgetäuscht. Bis er jetzt wirklich gestorben ist. Warum dieses Manöver? Und wer ist der Tote, der die Hose von Simons Livree trägt?«

»Wahrscheinlich Hinrich«, sagte Brinkmann. »Landstreicher würde passen, wenigstens wenn man so denkt wie die alte Ovens. Und als Erpresser mag er ihr auch erschienen sein, zusammen mit Enna. Drittens würde es erklären, warum Enna dann auf dem Staatshof und später auf der Marnewarft allein unterwegs war, ohne ihren treuen Begleiter seit Rendsburg.«

Der Wirt war an unseren Tisch gekommen, stellte die vier Gläser hin, wünschte uns Gesundheit und fragte: »Noch einen?«

»Ja«, sagte Constanze und strahlte ihn an.

»Und wo ist Enna überhaupt?«

»Genau, Herr Söt, das ist die Frage«, sagte Storm. »Wenn wir sie nur in die Finger bekämen, würde bestimmt einiges klarer. Spielt sie eine Rolle bei Hinrichs Tod? Hat sie ihn zur alten van Ovens geschickt?«

»Er wird kaum von selbst auf die Idee gekommen sein«, sagte Brinkmann.

Der Wirt kam und brachte die zweite Runde. »Was dazu?«, fragte er, und Brinkmann bestellte Schmalzbrote.

Ich nipple an dem Schnaps.

»Was machen wir jetzt?«, fragte Constanze.

»Warten«, sagte Brinkmann. »ich jedenfalls muss das tun. Ich habe eben den Pfarrer gebeten, den Zugang zum Turm zu verschließen, den Toten mit einem Tuch zu bedecken und außerdem den Stadtphysicus Hitscher aus Husum holen zu lassen. Das wird eine Weile dauern. So lange bleibe ich hier. Ich denke, dass ich im Dorfkrug ein Zimmer bekomme.«

»Lass uns das auch tun, Theodor«, sagte Constanze. »Drei Zimmer, meine ich. Ich glaube nicht, dass wir mit der Kutsche heute auch nur nach Garding kommen.«

Storm stand auf der Stirn geschrieben, was er von Constanzes Vorschlag hielt und dass er sich schon jetzt vor dem Moment fürchtete, in dem er das seinem Vater erklären müsste. »Du hast recht«, sagte er dann. »Aber auf der Rückfahrt müssen wir noch einmal auf dem Staatshof Station machen und mit Wieb sprechen. Vielleicht ist Enna inzwischen weit genug weg, dass Wieb sich doch etwas mehr über sie entlocken lässt. Und wenn wir diese Nacht noch hierbleiben, können wir auch noch einen Klaren bekommen.«

Brinkmann und Constanze fanden das eine gute Idee. Als der Wirt erneut am Tisch erschien, fragte Storm nach Zimmern. Das sei richtig, sagte der Wirt und erzählte dann von den Gefahren auf den Wegen Eiderstedts, besonders nachts. Meist sei hier alles ruhig, sagte er, aber erst vor ein paar Tagen sei in Katharinenheerd eingebrochen worden, im Wohnhaus, das früher mal den Eltern von Martje Flohrs gehört hätte, ob wir die kennten, Martje Flohrs?

»Et gah uns wol op unse olen Dage«, sagte Constanze und schaute ihn fest an. Der Wirt schenkte sich aus der Schnapsflasche ein und stieß mit uns an.

Der Abend war hell, und wir beschlossen, noch einmal auf den Deich zu gehen, um das offene Meer zu sehen. Storm zeigte auf Inseln und Halligen, ich sah den Wellen dabei zu, wie sie die Sandbänke umspülten, die jetzt langsam aus dem Wasser emportraten. Direkt unterhalb des Deiches war Wiese, es gab auch einen Platz, an dem die Schiffe landen konnten, wenn sie nicht zu groß waren. Auf der anderen Seite sahen wir auf das kahle Land, die verstreuten Höfe und die kleineren Häuser, die sich an den Deich schmiegten.

Brinkmann erzählte, wie er in Husum das Meer ganz anders kennengelernt hätte als in seiner Jugendzeit in Kiel. Constanze erzählte von ihren Ausflügen an die Ostsee und dass Storm sie bestimmt nicht mehr niedlich finden würde, wenn er ein bisschen weiter rausfahren würde.

Und Storm fragte mich, ob ich mich nach nun zwei Jahren in Husum an das Meer gewöhnt hätte.

»Das bin ich längst«, sagte ich, »seit ich fünf Jahre alt war. Aber nie habe ich es wieder so schön gefunden wie damals, weit weg von hier, auf Töwerland.«

»Nie davon gehört«, sagte Storm. »Was soll das sein? Wo liegt das?«

»Und wie kamen Sie dahin?«, fragte Constanze.

Also erzählte ich. Dass meine Mutter nicht besonders gut auf mich aufgepasst hatte, dass die anderen Knechte und Mägde nichts mit mir anfangen konnten und dass ich unter den Kindern lange Zeit der Kleinste und Schwächste war.

Das konnten sie wissen. Aber ich erzählte nicht, was das bedeutete. Die anderen Kinder fanden es lustig, mich mit faulen Äpfeln zu füttern, manchmal mit Steinchen, manchmal mit Tiermist. Dann erfanden sie irgendein Vergehen und meinten, sie würden mir jetzt meine Strafe geben, denn sonst müssten sie es dem Bauern melden, der mich halb totschlagen würde, ich sollte ihnen also dankbar sein. Dann presste ich meine Lippen zusammen, aber einer von den älteren Jungen hielt mich fest, ein anderer drückte mir die Nase zu, so dass ich nach Luft schnappen musste, und ein dritter stopfte mir irgendetwas Widerliches in den Mund. Wenn sie fertig waren, musste ich mich erbrechen, manchmal stundenlang. Das sei eklig, sagten die anderen Kinder dann. Die Erwachsenen auch.

Was ich Storm, Brinkmann und Constanze schilderte, war, dass mich ein Knecht einmal für ein paar Monate von dem Hof wegbrachte, um mich vor den Kindern zu schützen.

Wie es dazu genau kam, hätte ich vielleicht Bottilla erzählt, Storm und die anderen mussten es nicht wissen. Hein war damals der Liebhaber meiner Mutter, ich weiß nicht mehr für wie lange, aber er war einer von denen, die ihr die Flasche wegnahmen, wenn sie fanden, es sei jetzt genug. Bei den anderen konnte es passieren, dass sie den Schnaps dann selbst austranken, doch Hein trank höchstens mal ein Bier.

Ich hatte an dem Tag wieder irgendetwas verbrochen, fanden die Kinder. Damals kam der Hoferbe, ein etwa zwölfjähriger Junge, noch manchmal zu seinen Halbgeschwistern, um bei den Spielen der Anführer zu sein. Jetzt bestimmte er, dass er der Pfarrer sei, der mich taufen würde, um meine Sünden von mir zu nehmen, und zwar in der Jauchegrube des Hofs. Er wählte auch die Taufpaten aus, einen kräftigen Jungen und ein vierschrötiges Mädchen, die mich festhalten und zur Grube schleifen sollten. Ich weinte und zappelte, obwohl ich wusste, dass sie am ehesten aufhören würden, wenn ich mich nicht mehr wehrte, weil ihnen das langweilig wäre, aber ich konnte mich diesmal nicht beherrschen.

Am Rand der Grube faselte der Junge irgendetwas von dem, was er in der Kirche vom Taufritual behalten hatte. Ich musste auf dem Bauch vor der Grube liegen, den Kopf schon über der Jauche. Der Gestank biss mir in der Nase und benebelte mich, ich wurde fast ohnmächtig. Dann drückte mein Halbbruder, der Hoferbe, meinen Kopf in die Jauche. Einmal, zweimal. Beim dritten Mal dachte ich, dass ich das nicht überleben würde.

Jemand riss meinen Kopf an den Haaren aus der Jauche. Mein Gesicht war verschmiert, die Augen konnte ich nicht öffnen, ohne dass mir die stinkende Brühe hineinlief. Ich lag keuchend neben der Grube und hörte aus weiter Ferne ein Klatschen, Hand auf Wange, mit voller Wucht, das Geräusch kannte ich. »Ihr Schweine!«, hörte ich eine Stimme, die vor Zorn fast brach, und ein quietschendes »Das sag ich meinem Vater, das hast du davon!«

»Steh auf«, sagte die zornige Stimme, die langsam wieder ruhiger klang. Früher hatte ich in solchen Momenten auf meine Mutter gehofft, jetzt nicht mehr. Ich wusste, dass es Hein war. Mir war immer noch schwindlig. Der Hof war nicht weit von der Weser entfernt. Hein brachte mich zu einem Bach, der auf den Fluss zulief. Er war seicht, aber recht breit. Hein sagte, ich solle mich waschen. Er half mir dabei. Meine stinkenden Sachen zog ich aus und wusch sie, so gut es ging. Ich schämte mich vor Hein, aber ich hatte nichts zum Wechseln, auch nicht auf dem Hof. Also zog ich die klatschnassen Sachen wieder an.

»Du musst hier weg«, sagte Hein.

Wahrscheinlich wäre es auch für ihn besser gewesen, nachdem er den Hoferben geohrfeigt hatte, aber Hein war ein guter Arbeiter, und der Bauer brauchte ihn. Wenn sich die Bäuerin nicht einmischte, würde Heins Strafe wohl kaum ins Gewicht fallen.

»Hein hatte eine Schwester in Ostfriesland«, erzählte ich Storm, Brinkmann und Constanze, »zu der wurde ich ein paar Tage später gebracht. Sie nahm mich mit auf die Insel, auf der sie den Sommer über arbeitete. Töwerland. Eigentlich waren es zwei Inseln, denn eine Sturmflut hatte sie in der Mitte durchgerissen. Es wuchs auch nicht viel auf ihr, aber es reichte für ein paar Fischer und Bauern. Ich war fünf Jahre alt und konnte nicht viel helfen. Die meiste Zeit lief ich in den Dünen herum und am Strand. Ein bisschen wie hier, aber viel länger.«

Mehr erzählte ich nicht. Es ging sie ja auch nichts an, und selbst Storm gegenüber hätte ich kaum verständlich machen können, was dieser Sommer für mich bedeutete. Heins Schwester Elske seufzte, als ihr Bruder mich brachte und sagte, es gehe nicht anders und er werde etwas Geld schicken. Als er gegangen war, suchte sie etwas zum Anziehen für mich. Am nächsten Tag nahm sie mich mit in dem kleinen Boot, das in diesem Wattenmeer kaum Tiefgang haben durfte. Wir fuhren ein ganzes Stück an der Insel entlang, bevor wir an einer Anlegestelle waren.

Elske arbeitete auf einem Hof im östlichen Teil der Insel. Die Häuser des kleinen Dorfs waren selbst für meine Begriffe ärmlich, aber hungern musste ich nie. Ich hütete die Kühe, auch wenn sie hier nicht groß weglaufen konnten, lag an warmen Abenden stundenlang in den Dünen oder lief zu der Bruchstelle zwischen den beiden Inselteilen und stellte mir vor, wie die Sturmflut dort eingebrochen war und das Land weggeschwemmt hatte. Wenn es regnete oder kühl war, hörte ich abends den Geschichten der Magd Wencke zu, die von Schiffbrüchen und Fluten erzählte und vom Dünengespenst, das in einer einzigen Nacht im Jahr erlöst werden könne und denjenigen, der es wagen würde, ihm bei Ebbe zu seinem Grab auf einer Sandbank zu folgen, reich machen würde. Nur habe sich keiner darauf eingelassen, sagte Wencke, denn was nützt ein Schatz, wenn man dann bei Hochwasser den Weg zurück nicht mehr findet?

»Der Sommer war schön?«, fragte Constanze.

»Ja«, sagte ich, »so schön wie keiner zuvor. So schön, dass ich weglief und mich versteckte, als im Herbst ein Schiff auf der Insel landete mit Hein an Bord, der mich zurückholen sollte. Ich sagte kein dankbares Wort zu ihm, als er mich zurück zum Hof an die Weser brachte. Es tut mir leid, aber es ist so.«

Zwischen ihm und meiner Mutter war es da schon wieder aus, und im Oktober zog er davon. Wiedergesehen habe ich ihn nicht, doch oft vermisst, wenn die anderen Kinder über mich herfielen.

Jetzt, vor Westerhever, war es fast dunkel. Die Inseln waren kaum noch zu erkennen, auch der Übergang von Land und Meer war wie verschwommen und ohne Kontur. Wir schwiegen gemeinsam und schauten zur See. Die Rufe der Vögel wurden lauter in dieser Stille, und unter ihnen klangen die Meeresgeräusche manchmal wie Stimmen. Ich musste daran denken, was Storm mir von den großen Fluten erzählt hatte, von den Abertausenden, die ertrunken, von den Dörfern und sogar Städten, die untergegangen waren, wenn die Deiche brachen.

Wir bezogen unsere Zimmer im Dorfkrug, und ich war nicht mehr lange wach.

Am nächsten Morgen weckte mich Storm. Er rief durch die Tür, ich solle mich rasch fertig machen, wir hätten Besuch.

Unten in der Schankstube saßen Storm und Brinkmann am Tisch – Constanze schlief noch – und hörten dem Stadtphysicus zu, der erzählte, warum er so früh schon nach Westerhever gekommen war. Er hatte in der Gegend zu tun gehabt, um sich eine Leiche anzuschauen, ein Knecht war mit durchschnittener Kehle in einem Keller gefunden worden, eine seltsame Geschichte. Nach der Untersuchung sei er nach Garding geritten, um bei Friedrich Feddersen seinen Bericht zu schreiben. Dort habe ihn der Bote des Pfarrers von Westerhever angetroffen und seine Nachricht überbracht, dankbar dafür, dass ihm der Weg nach Husum erspart geblieben war. Nun sei er hier.

»Noch ein Toter?«, fragte Storm. »Und mit durchschnittener Kehle! Hat er sich das selbst zugefügt?«

»Das glaube ich nicht«, sagte Hitscher. »Übrigens hätte er sich dann für seine letzte Stunde einen ziemlich gruseligen Ort ausgesucht. Ein uralter Keller in einem Bauernhaus, sogar eine Art Verlies, in dem es spuken soll. Der Bauer hat mir gleich die Geschichte von einem rothaarigen Gespenst und seinem Bart erzählt, und ein geisterhaftes Spinnrad soll es dort auch geben.«

»Sie waren auf der Marnewarft«, sagte Storm, »oder? Und hieß der Knecht etwa Thorbjörn?«

Hitscher hatte Thorbjörns Leiche im selben Teil des Kellers angetroffen, in dem wir eingesperrt gewesen waren. Offenbar war der Knecht nur Stunden später gefunden worden, nachdem wir den Hof mit Feddersen wieder verlassen hatten und der Bauer fürs Erste aufgehört hatte, die Grube zu untersuchen, die Constanze gefunden hatte. Als er später wieder zurückkam, lag Thorbjörn dort.

Brinkmann stellte Hitscher noch Fragen zu der Entdeckung der Leiche, die der Stadtphysicus nur so weit beantworten konnte, wie er den Toten selbst untersucht hatte. Offenbar lag Thorbjörn in der Höhle, die der Bauer vorher wieder verdeckt hatte, und diese Verdeckung war intakt. Wer den Knecht dorthin gelegt hatte, musste also die Grube geöffnet und hinterher wieder verschlossen haben, was den Bauern sehr erschreckte, als er unvermutet die Leiche fand, wo er auf einen Schatz gehofft hatte.

Hitscher brachte noch eine zweite Neuigkeit. Er hatte bei der Untersuchung der verbrannten Leiche aus der Koldenbütteler Scheune herausgefunden, dass der Tote erheblich älter gewesen sein musste als Simon.

»Wie findet man das heraus«, fragte Storm, »bei einem zusammengeschrumpelten Stück verbranntem Fleisch ohne Gesicht?«

»Die Zähne«, sagte Hitscher, »das sind unsere größten Verräter. Sie erzählen alles über uns und zuerst, wie alt wir sind. Ungefähr jedenfalls«, fügte er hinzu, als Storm ihn ungläubig ansah.

»Könnte es Hinrich sein?«, fragte ich Hitscher. »Ein mittelgroßer, dünner Mann aus einfachen Verhältnissen, etwa Ende vierzig?«

»Das kann schon sein«, sagte Hitscher. »Es gibt allerdings noch einen anderen Kandidaten, einen Lehrer aus Kiel, der in Friedrichstadt Verwandte besuchen wollte und seit einigen Tagen einfach verschwunden ist. Seine Kieler Familie hatte vermutet, er habe wie schon häufiger einen über den Durst getrunken und sei jetzt in Friedrichstadt in einen Kanal gefallen. Vielleicht ist er aber in der Scheune gestorben. Die seltsame Hose jedenfalls scheint ihm nicht gehört zu haben.«

»Wie geht es jetzt weiter?«, fragte Storm.

»Sie zeigen mir gleich mal die Leiche und helfen mir, sie an einen ruhigen Ort zu bringen, wo ich sie untersuchen kann. Dann geben Sie mir zwei Stunden, und wir wollen sehen, was ich herausfinden kann.«

»Für den ruhigen Ort hätte ich eine Idee«, sagte Storm.

Brinkmann und ich gingen mit Hitscher zur Kirche. Der Stadtphysicus erklärte uns, wie wir zu dritt den Toten so transportierten, dass wir möglichst wenig Spuren zerstörten, und so brachten wir den Leichnam langsam aus dem Turm ins Freie, wo wir auf Storm warteten.

Er erschien mit Constanze, beide waren ausgesprochen heiter, als hätten sie gerade etwas Komisches erlebt.

»Und wohin?«, fragte Hitscher.

»Sehen Sie den großen Hof auf der anderen Seite des Weges?«, fragte Storm. »Das ist das Pastorat. Pfarrer Dircksen freut sich schon darauf, Sie kennenzulernen.«

Während wir die Leiche vorsichtig hinübertrugen, erzählte Storm, wie er den Pfarrer dazu gebracht hatte, seinen Keller zur Verfügung zu stellen. Er hatte angedeutet, dass man den Toten sonst an Ort und Stelle obduzieren müsse und dass das einige Zeit dauern könne; sollten also inzwischen die Glocken geläutet werden, würde sich der Küster den Raum mit einem aufgeschnittenen Leichnam und dem Husumer Stadtphysicus teilen müssen. Von den Schaulustigen einmal abgesehen, die sich sicher bald einstellen und dann noch lange von ihren Eindrücken aus dem Kirchturm erzählen würden.

Dircksen empfing uns verkniffen, führte Constanze aber in die Stube und wartete dort auf uns. Sein Diener brachte uns in den Keller; Hitscher folgte ihm mit seiner schweren Tasche, Storm, Brinkmann und ich trugen Simon.

Inzwischen war die Leiche ausgekühlt und auch steifer geworden, ich spürte den fremden Körper durch seine Kleidung hindurch. Gestern, im Turm, hätte er sich regen können, ohne dass es mich zu sehr gewundert hätte, jetzt wäre es mir undenkbar und schrecklich erschienen. Auch bei Storm und Brinkmann war die Stimmung aus der Gaststätte dahin.

Wir stiegen die Stufen hinab, der Kellerraum war feucht, und Hitscher seufzte, als er sah, wo er arbeiten sollte. Dann gab er uns Anweisungen: Wir schoben einige Fässer zusammen und legten ein Brett darauf. Für Simon war es zu kurz, seine Füße ragten darüber hinaus, und Hitscher fluchte. Der Diener stellte die Öllampe neben Simons Kopf, was dem Gesicht des Toten einen grell verzerrten Ausdruck verlieh. Hitscher fragte barsch, ob er die Leiche im Dunkeln untersuchen sollte. Der Diener verschwand wortlos und kam nach einer Weile mit Kerzen und einer zweiten Lampe zurück. Ich war froh, als wir Hitscher mit dem Diener allein lassen konnten und die Treppe wieder hinaufstiegen.

Wie groß und behaglich das Pastorat eigentlich war, sahen wir erst jetzt. Um die Zeit zu überbrücken, die der Stadtphysicus brauchen würde, führte uns Dircksen durch die beiden durch einen schmalen Bau verbundenen Häuser seines Anwesens. Er zeigte uns den Küchengarten und den Taubenschlag, den Stall und die Scheune, in der seit gestern unser Wagen neben dem des Pfarrers stand. Oben im Pastorat hatte er seine Studierstube eingerichtet. Sie wies nach Norden und war ein bisschen feucht; seine Bücher würden darunter leiden, dachte ich, aber wahrscheinlich war das überall so.

Seine Vorgänger hätten immer wieder abreißen und neu bauen müssen, sagte Dircksen, weil vieles mit der Zeit baufällig geworden wäre oder wenn eine Sturmflut die Warft erreicht und Mauerwerk mit sich gerissen hätte. Zuletzt hätte sich die Gemeinde vor vierzig Jahren zum Neubau des Zwischentrakts bewegen lassen, aber wenn er ihnen jetzt mit irgendetwas käme, hielten die Bauern ihre Taschen fest geschlossen.

»Und was machen Sie dann?«, fragte Constanze. Wir saßen

wieder in der Stube, dankbar für den warmen Kachelofen. »Zwingen können Sie die Bauern ja wohl nicht.«

»Ich habe mit einigen von ihnen gesprochen, von Warft zu Warft bin ich gegangen, ohne Erfolg. Sie kommen mir dann damit, dass sie die Abgaben, zu denen sie verpflichtet sind, ja zahlen, damit sei es aber auch gut. Oder sie sprechen von den Armen in der Gemeinde, die sie unterstützen, und wenn ich dann erwidere, dass nicht nur der Leib hungert, sondern auch die Seele, nämlich nach dem Wort Gottes, und dass die Geistlichkeit es nur spenden kann, wenn es ihr gut geht und sie ein warmes Dach über den Kopf hat, dann schauen sie mich nur seltsam an und geben immer noch nichts. Letzte Woche habe ich über die Habsucht gepredigt, diesen Sonntag werde ich über den Geiz sprechen, ich schaue dann immer die Bauern in den vorderen Bänken scharf an.«

Der Pfarrer kicherte listig.

»Und, wirkt es?«, fragte Storm.

Das Kichern verschwand. »Sie wissen ja, der Gerechte muss viel leiden.«

Wir hörten Schritte von der Kellertreppe. Hitscher und der Diener liefen über den Flur. Etwas später erschien der Stadtphysicus in der Stube. Seine Hände wischte er sich im Hineinkommen an seiner Hose ab. Als er unsere Blicke sah, erwiderte er sie einen Moment lang amüsiert, dann sagte er: »Keine Sorge. Ich habe mir nach der Arbeit nur noch die Hände gewaschen.«

Er setzte sich auf einen freien Stuhl und schaute gleichmütig auf das Stövchen mit dem Tee. Dircksen holte eine weitere

Tasse aus dem verglasten Schränkchen an der Wand, schenkte Hitscher Tee ein und schaute ihn erwartungsvoll an.

»Ein Schluck Rum wäre jetzt nicht schlecht im Tee«, sagte Hitscher.

Dircksen seufzte und klingelte mit dem Glöckchen, das vor ihm auf dem Tisch stand. Nichts geschah. »Sie wird irgendwo da draußen sein«, murmelte er. Dann stand er auf und verschwand im Flur.

»Es ging jetzt doch schneller«, sagte Hitscher. »Eigentlich ist das Bild klar. Trotzdem wüsste ich gern, ob Ihnen gestern, als Sie die Leiche entdeckt haben, irgendetwas aufgefallen ist.«

»Ich habe bei meiner Untersuchung im Turm bei dem Mann eine Stichwunde zwischen den Schultern festgestellt«, sagte Brinkmann gleichmütig, aber unverkennbar stolz.

»Haben Sie das?«, sagte Hitscher. »Und weiter?«

»Der Mann hat viel Blut verloren, in einer Lache um ihn herum.«

»Flüssig?«

»Pardon?«

»War das Blut noch flüssig? Ihre Lache, meine ich. Oder war es getrocknet?«

»Das weiß ich nicht«, sagte Brinkmann reserviert. »Es war dunkel. Und ich habe es nicht angefasst.«

»Schade«, sagte Hitscher. »Aber der Tote war noch warm, haben Sie gesagt. Und beweglich? Sie haben ihn doch berührt, als Sie die Wunde gefunden haben?«

»Ja«, sagte Brinkmann. »Und starr war er nicht.«

»Immerhin. Und sonst?«

»Wie, sonst?«, fragte Brinkmann. »Wir wissen, wie er zu Tode gekommen ist und wo, auch wann. Jetzt müssen wir herausfinden, von wem. Und warum.«

»Wenn Sie mit dem ›Wo‹ den Turm meinen, dann haben Sie recht. Niemand wird ihn da raufgeschleppt haben, nachdem er ihn so sehr hat bluten lassen, jedenfalls habe ich keine Spuren davon gefunden.«

»Sehen Sie?«, sagte Brinkmann.

»Mit dem ›Wann‹ ist es schon schwieriger. Außer Sie geben sich damit zufrieden, dass er irgendwann gestern gestorben ist. Wie lange er schon tot war, als der Herr Pfarrer auf ihn gestoßen ist, kann ich nicht sagen. Ich tippe auf ein bis zwei Stunden, was aber davon abhängt, wie beweglich und wie warm er noch war. Nun aber zum Mord selbst. Woran ist der Mann gestorben?«

Brinkmann lachte nervös.

»Sie finden ihn mit einem Stichwunde im Rücken und fragen nach der Todesursache?«

»Einen Stich können Sie auch überleben«, sagte Hitscher. »Vor allem können Sie damit noch ein paar Minuten lang das Dorf zusammenschreien. Und es scheint ihn ja niemand gehört zu haben.«

»Durch die dicken Mauern dieses Turms? Die geschlossenen Fenster?«, sagte Storm.

»Da haben Sie recht«, sagte Hitscher, »wahrscheinlich ist das nicht unbedingt. Aber möglich doch, zumal Sie in der Zeit, die für den Mord infrage kommt, gleich nebenan im Kirchenschiff gewesen sind.«

»Wenn es möglich ist«, sagte Storm nachdenklich, »wird der Mörder das auch gewusst haben. Er musste sein Opfer also am Schreien hindern, egal, ob jemand es hätte hören können oder nicht.«

»Bravo!«, sagte Hitscher. »Genau das hat er getan. Er hat den Mann erdrosselt, dem er kurz zuvor ein wohl ziemlich scharfes Messer in den Rücken gerammt und ihn damit wehrlos gemacht hat. Die Spuren am Hals sind eindeutig. Es stirbt sich übrigens schneller, wenn man keine Luft mehr bekommt als durch einen Messerstich zwischen den Schultern. Meist jedenfalls.«

Dircksen erschien wieder, in der Hand eine Karaffe aus geschliffenem Glas. Mit säuerlicher Miene zog er den Glasstöpsel heraus und goss Hitscher etwas Rum in die Tasse.

Der Stadtphysicus nickte.

»Bleibt noch das ›Wer‹ und das ›Warum‹. Das ist natürlich Ihre Sache, Herr Amtshaussecretär. Aber wenn Sie mich fragen, wer dazu in der Lage wäre: jeder, der groß genug ist, dem Opfer ein solches Messer von oben zwischen die Schultern zu stoßen. Viel Kraft müsste er dafür aber nicht aufwenden, wenigstens nicht an dieser Stelle, und auch nicht für das Erdrosseln nachher. Ach, und vielleicht brauchte er auch noch Kleidung zum Wechseln, um unauffällig zu entkommen. Ohne engen Kontakt mit dem blutenden Opfer hat der Mörder sein Werk kaum beenden können.«

Ich hätte jetzt auch gern Rum in meinem Tee gehabt.

»Danke, Herr Hitscher.«

Brinkmanns Stimme klang, als ob es ihm ähnlich ginge.

»Bleibt die Frage nach dem Warum«, sagte Constanze.

»Hast du eine Antwort?«, fragte Storm, offenbar unsicher, ob er ihre Beteiligung an der Untersuchung ernstnehmen oder belächeln sollte. Unter ihrem Blick entschied er sich rasch für das Ernstnehmen.

»Nein«, sagte Constanze, »aber noch eine Frage: Was wollte Simon, angestellt bei Frau Katharina van Ovens in Friedrichstadt, unter allen Dörfern der beiden Herzogtümer ausgerechnet in Westerhever? Ich denke, wenn wir das herausfinden, kennen wir auch das Motiv für diesen Mord.«

»Westerhever mag abgelegen sein«, sagte der Pfarrer, »aber es gibt keinen Grund, unser Dorf so geringzuschätzen, wie Sie das offensichtlich tun.« Sein Ton war salbungsvoll und bräsig gewesen, jetzt war er gekränkt. »Wir haben schon Gelehrte aus Kiel bei uns gehabt, die sich für unsere Kirche interessierten, schließlich ist der Turm der älteste auf ganz Eiderstedt.«

»Das stimmt«, sagte Storm und sprang plötzlich auf, »Sie haben ganz recht, Herr Dircksen. Der Turm ist so bedeutend, den kann man sich ruhig zweimal anschauen. Kommt ihr?«

Er ging energisch aus der Stube, Brinkmann, Constanze und ich hinter ihm, ohne dass wir verstanden hätten, was er so plötzlich wollte. Hitscher blieb zurück, um, wie er Storm später sagte, mit dem Pfarrer über den Toten im Keller zu sprechen und zu regeln, wann er nach Friedrichstadt überführt würde. Es schien so, als wäre der Fall für ihn nach der Obduktion des Opfers nicht weiter interessant.

»Was hat er hier gesucht?«, fragte Storm auf dem Weg. »Den Turm. Und warum ausgerechnet jetzt? Wegen uns. Weil wir auf dem Weg hierher waren. Er wusste, dass wir uns für die Wogenmannsburg und die tapfere Fentje Wolters interessieren, die auf Clausens und Ennas Medaillons abgebildet sind – wir haben sie selbst seiner Herrin gezeigt. Er geht zu dem einzigen Gebäude, das noch aus der Zeit der Piraten stammt, dem Kirchturm. Dort sucht er etwas, wird dabei überrascht und umgebracht.«

Storm hatte jetzt, atemlos redend, die Kirche erreicht, und wir bestiegen die Treppe zur oberen Plattform des Turms.

»Die Frage ist: Was hat er dort gesucht?«, sagte Storm, mehr vor sich hin als für uns.

Es war noch immer Vormittag, die Fenster im Turm waren geöffnet, und der Raum, in dem wir Simon gefunden hatten, war in gleißendes Licht getaucht.

»Da!«, rief Storm. »Das ist es!«

Die faustgroße Mauernische war mir gestern im Dämmerlicht schon aufgefallen. Aber nicht der Stein, der unter ihr auf dem Boden lag und auf den Storm zeigte. Vorsichtig hob er ihn auf. Er war zurechtgehauen, besaß eine glatte, ebene Vorderseite, die sich nach hinten verjüngte und die gleiche Farbe hatte wie die Wände des Raums.

Storm hob ihn vorsichtig auf. Er schien schwer zu sein, doch nicht so schwer, dass Storm ihn nicht hochheben und vor die Öffnung halten konnte.

»Siehst du, Constanze?« Er schob den Stein in die Mauerlücke und drückte dagegen. Dann trat er einen Schritt zurück. Der Stein passte perfekt. Man musste sehr genau hinsehen, um die schmalen Ritzen zwischen ihm und der Wand zu entdecken. »Das hat er gesucht!«

»Und was hat er gefunden?«, fragte Constanze.

»Hilf mir, den Stein wieder aus der Lücke zu lösen«, sagte Storm.

Das war nicht leicht, der Stein saß fest. Wie vermutlich Brinkmann und Constanze verkniff auch ich mir zu sagen, dass es einfacher gewesen wäre, die Öffnung vorher zu untersuchen. Aber für ein Versteck war das perfekt: Niemandem, der nicht danach suchte, würde dieser Stein unter den anderen Steinen auffallen.

Er ließ sich dann schließlich doch lösen. Storm griff in die kleine Öffnung hinein und zog die Hand wieder heraus.

»Leer«, sagte er. Unzufrieden wirkte er nicht, eher so, als sei das eingetroffen, was er erwartet hatte. »Wir sollten jetzt noch einmal die Leiche untersuchen. Oder wir bitten Herrn Hitscher darum«, fügte er rasch hinzu, als er unsere angespannten Gesichter sah. »Aber ich fürchte, das, weshalb er hergekommen ist, befindet sich in der Tasche seines Mörders.«

Eigentlich hätte es sich für die Sieger gehört, ein Fest zu feiern. Aber das Blutbad hatte in jeder Familie Spuren hinterlassen. Die Leichen der Räuber und ihrer Frauen wurden zusammengetragen und zu einem Haufen aufgeschichtet, mit Holz und Stroh aus der Burg umgeben und angezündet. Die Bauern hatten keine große Erfahrung damit, so viele Körper auf einmal in Brand zu setzen, und so ging das Feuer immer wieder aus. Irgendwann loderten die Flammen dann doch, und ein widerlicher Gestank nach angesengten Haaren und menschlichen Körpern erfüllte die Luft.

Die Kinder sahen zu, niemand achtete groß auf sie.

Vierzehn verschleppte junge Frauen kehrten zu ihren Familien zurück, auch Fentje und Hanna. Sie nahmen ihre Plätze an den Tischen und in den Schlafkammern wieder ein, sie arbeiteten in den Ställen und auf den Feldern, und wenn eine Hochzeit oder eine Taufe gefeiert wurde, waren sie mit dabei.

In den Nächten waren sie wieder auf der Burg.

Sie zitterten und weinten, manchmal schrien sie. Irgendwann suchten sie sich einen Platz zum Schlafen, an dem sie nur die Tiere störten.

Die Kinder, die sie auf der Burg zur Welt gebracht hatten, waren mit ihnen auf den Höfen. Sie lernten rasch, dass sie am besten so unsichtbar wie möglich waren, auch für ihre Mütter.

Hochzeiten kamen nicht zustande.

Fentje war nur ein paar Tage auf der Burg gewesen. Sie musste nicht wieder lernen, sich in den Hof ihrer Eltern zu fügen. Aber sie sah, wie es den anderen Frauen erging. Sie sprach mit ihnen, allein oder mit mehreren. Auch wenn die meisten Frauen sich verschlossen, wenn Fentje deshalb zu ihnen kam.

Es war nicht recht, dachte Fentje. Und eines Nachts schlich sie sich mit zwei der Frauen zurück zu den Trümmern der alte Burg. Noch hatte niemand angefangen, die Steine und Balken wieder zu verwenden. Manche Wände standen noch zwischen den eingestürzten Dächern. Fentje hätte sich nicht zurechtgefunden, aber die beiden Frauen waren Monate dort gewesen, für sie war der Weg vertraut. Und sie wussten, wo der Keller war, den nur der Anführer und seine engsten Vertrauten betraten.

Es war leicht gewesen. Die Frauen nahmen, was sie schleppen konnten, und brachten es in das Versteck, das Fentje vorbereitet hatte. Sie nahmen nicht alles mit. Irgendwann würden auch die Männer aus den umliegenden Dörfern kommen und danach suchen. Es wäre verdächtig, wenn dann gar nichts mehr da gewesen wäre. Aber das meiste hatten sie.

Als Fentje nach Hause kam, war Licht in der Scheune. Ihre Mutter schrie. Sie schlug mit den Fäusten auf alle ein, die sie beruhigen wollten.

Hanna hatte sich an einem Balken erhängt.

Neunzehn

»Die kleinen Särge, außer einem, waren schon
in Trümmer gefallen.«

Theodor Storm, »Von heut und ehedem«

»Da, sehen Sie? Hilft Ihnen irgendetwas davon weiter?«

Was Hitscher auf dem Tisch neben der Leiche ausgebreitet hatte, war geradezu empörend nichtssagend. Abgesehen von dem scharfen Dolch in einer Lederscheide war kein Gegenstand außergewöhnlich oder auch nur auffällig. Der Tote hatte etwas Geld bei sich getragen, genug, um zwei Tage damit unterwegs auszukommen. Dazu Kautabak, ein Stück Seife, einen Kanten Brot und Speck.

Storm warf einen Blick auf die Stiefel, die Hitscher von Simons Füßen gezogen hatte und die kaum abgelaufen waren.

»Irgendwo in der Nähe muss ein herrenloses Pferd grasen«, sagte er, und Brinkmann nickte. »Anders wäre er kaum so schnell hierhergekommen, höchstens mit einer Kutsche. Aber er hätte einiges Aufsehen erregt, wenn er mit einer eigenen Kutsche gekommen wäre. Und mit einer fremden hätte er in dieser Gegend wohl Mühe gehabt, eine andere für den Rückweg zu finden.«

Als wir die Kellertreppe wieder hochgestiegen waren, fragte der Pfarrer Hitscher: »Sie wollen ihn also wirklich hierlassen, Herr Stadtphysicus?«

»Alles, wie besprochen, ich kann ihn schließlich nicht vorn auf meinem Pferd mitnehmen. Er wird abgeholt, verlassen Sie sich drauf.«

Diesmal führte ich die Kutsche, Storm, Brinkmann und Constanze setzten sich auf die Bank, Hitscher ritt noch ein Stück neben uns her, dann verabschiedete er sich und trieb sein Pferd an. Er wollte rasch in Husum sein und dem Amtmann Bericht erstatten. Wir hatten ihn gebeten, Storm, Constanze und mich nur im Notfall zu erwähnen und unseren Anteil an der Untersuchung eher außen vor zu lassen.

Allmählich fand ich die Landschaft reizvoll. Ich gewöhnte mich an die vielen Gräben, die Weiden mit den mageren Rindern, den weiten Ausblick, durch den die spitzen Kirchtürme schon lange im Voraus zu sehen waren. Es war angenehm warm, der Wind ging vom Meer über die Gräser, die an den Ufern der Wasserläufe standen. Später würde ich das Marie zeigen.

»Und jetzt wieder auf den Staatshof«, hörte ich Constanze sagen. »Was wollen Sie von den beiden Alten eigentlich wissen, Herr Brinkmann?«

»Eigentlich war es ja Theodors Idee«, sagte Brinkmann. »Aber es ist sicher nicht schlecht, die beiden nach Enna und Hinrich zu fragen. Ob sie wieder aufgetaucht sind und an Ennas Behauptung festhalten, sie sei die verlorene Erbin der van Ovens. Vor allem werde ich noch einmal nach

Friedrichstadt fahren. Katharina van Ovens muss erfahren, dass Simon tot ist. Und sie muss mir erklären, was er eigentlich in Westerhever wollte. Falls er nicht auf eigene Faust dorthin geritten ist.«

»Bleiben noch Clausen, Detlevsen, der Tote aus der Scheune, also wahrscheinlich Hinrich«, zählte Storm auf, »Thorbjörn und Simon. Fünf Tote in so kurzer Zeit! Mir kommt es so vor, als stünden wir dicht vor der Lösung. Nur sehen wir sie einfach nicht.«

Unser Pferd hatte es mit der Kutsche nicht leicht, wir ließen ihm seinen ruhigen Gang, und es war fast Abend, als wir von weitem den Staatshof sahen.

Kurz vor der Einfahrt stellte sich uns eine alte Frau in den Weg. Sie trug ein Kopftuch und einen weiten Umhang. Diesmal erkannte ich sie. Storm wohl auch, jedenfalls flüsterte er Constanze gut hörbar zu: »Wieder dieser Unglücksvogel.«

»He«, rief die Frau, »stehen bleiben!«

Wenn wir sie nicht überfahren wollten, blieb uns nichts anderes übrig.

Von ihrem Gesicht war unter dem Tuch nicht viel zu sehen, aber dass ihr die meisten Zähne fehlten, war wie bei unserer ersten Begegnung gut zu hören.

»Friedrichstadt! Ich muss nach Friedrichstadt. Was klären.«

Dass die Alte damals betrunken gewirkt hatte, war wohl kein Ausrutscher gewesen, sondern Gewohnheit.

»Bedaure«, rief Brinkmann. »Wir sind angekommen.«

»Staatshof«, rief die Alte, kaum noch verständlich. »Gut, gut.« Sie winkte uns noch einmal zu, dann drehte sie sich um und ging weiter Richtung Friedrichstadt. Unsere Kutsche bog in die Einfahrt zum Hof.

Wir waren nicht angekündigt, aber es schien so, als würden wir erwartet. Marten kam uns entgegen, schirrte unser müdes Pferd aus und versorgte es im Stall. Wieb empfing uns auf der Treppe und führte uns in denselben Raum wie bei unserem letzten Besuch. Der Pferdehändler habe sich seither nicht blicken lassen, sagte sie, er überlasse die Verwaltung des Anwesens Marten und ihr, und auch wenn es gerade viel Arbeit sei, sei es ihnen beiden ganz recht.

Fragen zu unserem Besuch stellte sie uns nicht.

Wir setzten uns, Storm neben Constanze, an ihrer anderen Seite Brinkmann, ich gegenüber. Der Tisch war gedeckt, vier Plätze waren noch frei. Vor jedem Gedeck stand ein schmales Weinglas. In der Mitte war ein Korb mit frischem Brot, es gab Platten mit dünn geschnittenem Fleisch, geräuchertem Fisch und Käse.

Marten kam mit einer Flasche und füllte alle acht Gläser zur Hälfte. Wieb setzte sich neben Storm.

Er deutete auf die Teller, und Wieb lächelte ihn freundlich an. »Ich denke mir, dass Sie mit einer Menge Fragen auf den Staatshof gekommen sind«, sagte sie. »Und vielleicht können wir ein paar davon beantworten.«

Brinkmann sah sie überrascht an.

»Zum Beispiel?«

»Zum Beispiel, für wen die freien Plätze sind. Auf einen

davon wird sich Marten gleich setzen, die beiden anderen sind für Personen, die mich gebeten haben, mit Ihnen zu reden, bevor sie dazukommen. Zu reden und Ihnen ein Versprechen abzunehmen.«

Brinkmanns Oberkörper straffte sich.

»Ich kann keineswegs Verpflichtungen eingehen, die …«

»Lassen Sie es gut sein«, antwortete Wieb. »Ich werde Sie nur persönlich um etwas bitten, nicht in Ihrer Eigenschaft als Amtshaussekretär. Das Gleiche gilt für Sie alle«, sagte sie.

»Dann bitten Sie mal«, sagte Constanze.

»Wir werden gleich noch zwei Gäste bekommen, die schon draußen warten. Ich möchte Sie bitten, sich ihre Geschichte anzuhören. Und sie dann, wenn Sie finden, dass sie nichts verbrochen haben, gehen zu lassen. Nur dann.«

Storm lächelte. »Ich kann mir vorstellen, wer da wartet. Ich will ihre Geschichte hören, diesmal ganz. Und ich gebe Ihnen das Versprechen, das Sie verlangen.«

»Ich auch«, sagte Constanze.

»Und Sie, Herr Söt?«

»Wenn es auf mich dabei ankommt: ja.«

»Dann fehlen noch Sie, Herr Brinkmann.«

»Wenn diese Personen tatsächlich nichts verbrochen haben und wenn auch kein Verdacht gegen sie besteht, dann kann ich das Versprechen geben. Persönlich und als Amtshaussekretär.«

»Gut«, sagte Wieb. »Dann fangen wir an. Marten?«

Ihr Mann kam mit einem Krug Wasser herein und stellte ihn auf den Tisch. Hinter ihm erschienen Enna und Hinrich.

»Herzlich willkommen«, sagte Wieb und deutete auf zwei Plätze neben mir.

Enna und Hinrich trugen dieselbe Kleidung, die sie einige Tage zuvor in Husum getragen hatten. Sie rochen ein bisschen. Beide wirkten müde, und besonders von Ennas aufbrausender Art war nichts mehr zu merken. Aber sie fühlten sich offensichtlich nicht fremd und unwohl, als ob sie es gewohnt waren, hier zu Gast zu sein.

Ich war jedenfalls froh, Hinrich zu sehen. Offensichtlich war er nicht zum Opfer des Scheunenbrandes in Koldenbüttel geworden. Für den Lehrer aus Kiel tat es mir leid.

Inzwischen hatte Marten schon Kerzen angezündet, obwohl der Abend gerade noch hell genug war, und setzte sich auf den letzten freien Platz an meiner anderen Seite.

»Trinken wir auf unser Wiedersehen«, sagte Wieb. »Und greifen Sie bitte zu. Sie müssen hungrig sein, Sie alle. Bedienen müssen wir uns selbst, außer uns ist heute Abend kein Mensch mehr hier. Was Sie auf dem Tisch finden, stammt vom Hof oder aus der Eider. Und aus dem Weinkeller des neuen Besitzers.«

Als wir die Gläser abstellten, sagte Storm, er sei gespannt darauf, was es in der Frage der neunzig Höfe Neues gebe. Ich konnte sehen, dass Constanze ihn kräftig anstieß, Enna wohl auch.

»Lassen Sie ihn«, sagte sie. »Ich weiß es wirklich nicht. Wahrscheinlich habe ich mich da in etwas verrannt.«

Hinrich legte ihr die Hand auf die Schulter.

»Nein, ich wusste tatsächlich nicht, in was für ein Wespennest ich stechen würde. Niemand ist bereit, meine Ansprüche auch nur zu prüfen …« Storm sah jetzt beinahe schuldbewusst aus. »… und ich kann es inzwischen sogar verstehen. Ich habe viel mit Wieb über die Familie van Ovens gesprochen, über die schreckliche Geschichte der Brüder, den Mord … Und ich frage mich, ob ich nicht lieber gar nicht weiß, wer meine Eltern sind, als mich als Mitglied dieser Familie zu fühlen.«

»Das sind ja Geständnisse«, sagte Storm. »Wirklich, Wieb, Sie haben nicht zu viel versprochen. Aber das kommt alles ein bisschen plötzlich. Und das hat also Ihren Sinneswandel bewirkt, Enna? So abschreckend sind die van Ovens für Sie?«

Hinrich sah Enna fragend an.

Sie nickte. »Es ist wirklich so, Herr Advocat, dass uns viel Spott und Hass entgegengeschlagen sind«, sagte er. »Ich war in den letzten Tagen allein unterwegs, um noch einige einflussreiche Menschen in Friedrichstadt und auf Eiderstedt zu besuchen. Niemand will uns helfen. Auch Frau van Ovens war nicht bereit, unser Anliegen auch nur zu erwägen. Dabei geht es um ihre Enkelin!«

»Wirklich?«, fragte Storm. »Wenn ich richtig gehört habe, wollten Sie sie erpressen. Womit eigentlich?«

»Erpressen?« Hinrich sah wieder einmal ängstlich aus, als ob er befürchtete, im Anschluss an unser Gespräch von Enna einiges anhören zu müssen. »Das muss sie falsch verstanden haben.«

Niemand glaubte ihm, und er schien es zu spüren.

»Vielleicht«, sagte Brinkmann, »sind Sie beide auch einfach zu spät gekommen. Das Vermögen der van Ovens war vor drei Generationen riesig, vor zwei waren sie wohl noch reich, aber heute? Katharina van Ovens musste alle Höfe verkaufen, auch diesen. Und es ist ein offenes Geheimnis in Friedrichstadt, dass sie ihre Rechnungen spät oder gar nicht bezahlt.«

Marten stand vom Tisch auf, holte eine neue Flasche Wein und schenkte reihum nach.

»Aber Sie, Wieb, Sie glauben ihr?«, sagte Constanze.

»Das ist eine lange Geschichte«, entgegnete Wieb.

»Erzählen Sie nur«, sagte Storm, »ich möchte gern alles hören. Und außerdem werden Sie uns heute Nacht sowieso aufnehmen müssen. Das Pferd ist viel zu müde für den Weg nach Husum.«

»Sie können gern hier übernachten. Und was Sie über das Vermögen der van Ovens vermuten, ist richtig«, sagte Wieb. »Sie besaßen mit der Zeit immer weniger. Aber es war trotzdem all die Jahre gut angelegt.«

»Das klingt seltsam«, sagte Brinkmann. »Woher wissen Sie das?«

»Ich kann das erklären«, sagte Wieb ruhig. »Jetzt, an diesem Tag, kann ich das. Aber ich muss dafür weit ausholen, bis ins Jahr 1370.«

»Das scheint ein Schicksalsjahr für Eiderstedt gewesen zu sein«, sagte Storm. »Von der Erstürmung der Wogenmannsburg haben wir gehört und von der tapferen Fentje Wolters auch. Sie hat geholfen, die vierzehn gefangenen Frauen zu befreien. Die Seeräuber wurden hingerichtet, die Burg wurde geschleift, und das Leid hatte ein Ende.«

»Nichts hatte ein Ende, Herr Advocat«, sagt Wieb. »Schon gar nicht das Leid. Für die vierzehn Frauen nicht und für alle anderen auch nicht.«

»Wie meinen Sie das?«, fragte Storm.

»Sie kamen in ihre Familien zurück und blieben doch draußen vor. Sie hatten sich nach ihrem Zuhause gesehnt und blieben doch immer in der Burg, auch als sie schon längst zerstört war. Es war wie ein unsichtbarer Vorhang zwischen den Menschen, die frei gewesen waren, und den einstigen Gefangenen.«

»Woher wollen Sie das wissen?«, fragte Brinkmann. »Solche Geschichten werden kaum in Familien überliefert, oder?«

»Da haben Sie recht«, sagte Wieb. »Aber es war wieder Fentje, die etwas unternahm. Als sie sah, wie sie und die anderen Frauen angesehen wurden, als seien sie durch die Zeit in der Burg irgendwie beschmutzt und könnten sich nie mehr davon reinigen, da gründete sie einen geheimen Bund. Fentje nannte ihn den ›Bund der Vierzehn‹, obwohl nur ganz wenige Frauen bereit waren, sich mit ihr zusammenzuschließen. Die anderen wollten ein normales Leben führen und nicht mehr an die Burg erinnert werden. Und was Fentje vorhatte, passte nicht dazu.«

»Noch mal: Woher wollen Sie das wissen?« Brinkmann klang ungeduldig und misstrauisch.

»Enna, bist du so gut?«, sagte Wieb.

Enna stand auf und öffnete die große Schublade eines Schranks, der in einer Ecke des Raums stand. Was sie herauszog, erkannte ich von weitem: ein gerolltes Stück Pergament, groß genug, um jederzeit eine stattliche Summe gekostet zu haben.

»Möchten Sie einmal draufschauen, Herr Amtshaussekretär?«, fragte Wieb. »Ihnen macht die Schrift sicher keine Mühe.«

Enna übergab ihm das Pergament, und Brinkmann las. Dann legte er es vorsichtig auf seine Oberschenkel und fragte: »Woher haben Sie das?«

»Fentje gründete den Bund und ließ diese Urkunde ausstellen. Sie selbst konnte ja nicht lesen und schon gar nicht schreiben. Und sie sorgte im Lauf der Jahre dafür, dass ihrem Bund in alten Höfen auf Eiderstedt mehrere Depots zur Verfügung standen. Für Schriften wie diese und für Wertsachen. Denn der Bund besaß ein gewaltiges Vermögen. Fentje und ihre Nachfolgerinnen investierten große Summen in die Höfe unserer Landschaft. Irgendwann waren es fast hundert geworden.«

»Der Reichtum der van Ovens …« Storm brachte den Satz nicht zu Ende.

»Ist eigentlich das Vermögen des Bundes, ja. Und dass es so sehr abgenommen hat, liegt daran, dass die Aufgaben des Bundes auf die Dauer mehr Geld verschlungen haben, als die Höfe erwirtschaften konnten – Höfe wie der auf der Marnewarft, in Tönning, Garding, Sankt Peter, Katharinenheerd oder auch dieser hier.«

»Wo kam das Geld ursprünglich her?«, fragte Storm.

»Was sind das für Aufgaben?«, fragte Constanze.

»Woher der Reichtum stammt, wissen wir nicht. Fentje hat es nie verraten, wenigstens nicht aufschreiben lassen. Die Aufgaben sind viele und sehr unterschiedliche. Sie haben aber einen gemeinsamen Grund. Ganz einfach gesagt: Fentje und ihre Freundinnen wollten, dass nie wieder einer Frau Gewalt angetan wurde. So blieb das auch über die mehr als vierhundertsiebzig Jahre, die der Bund seither besteht. Mit dem Geld wurden Frauen unterstützt, die vor ihren gewalttätigen Männern fliehen mussten oder Prozesse gegen sie geführt haben. Frauen, denen ihre Kinder weggenommen wurden oder die um ihr Erbe gebracht wurden, fanden Hilfe beim Bund der Vierzehn.«

»Seltsam«, sagte Storm, »dass wir neulich einer armen Frau begegnet sind, die das Gegenteil behauptet: Katharina van Ovens hätte sie um ihr Erbe gebracht, sie hätte sie ruiniert. Eben sind wir ihr wieder begegnet, sie scheint auf der Straße zu leben.«

»Dazu kann ich nichts sagen«, erklärte Wieb.

»Überhaupt scheinen es die van Ovens nicht gut mit den Armen zu meinen. Hat man uns erzählt«, sagte Storm.

»Auch das weiß ich nicht«, sagte Wieb. »Das ist Frau van Ovens' Privatsache. Den Bund jedenfalls hat die Hilfe für die schlecht behandelten Frauen auf lange Sicht ruiniert. Und bis zuletzt hat das niemand von uns in Frage gestellt.«

»Von uns?«, fragte Constanze.

»Wir sind nicht mehr viele, aber ich gehöre dazu, ja.«

»Warum erzählen Sie uns all das?«, fragte Brinkmann. »Woher wissen Sie, dass wir nicht morgen früh aller Welt von Ihrem Geheimbund erzählen?«

»Ach, so geheim waren wir nie«, sagte Wieb. »Wir haben so vielen Frauen geholfen, die alle darüber hätten reden können. Und manche hat es sicher auch getan. Es kam uns mehr darauf an, die Herkunft unserer Hilfen zu verschleiern, damit man sie uns nicht wegnehmen konnte. Die Familie der van Ovens war zwar immer eine gute Tarnung. Und Frauen wie Anna Ovena Hoyer – auch sie ein Mitglied unseres Bundes – haben uns auf diesem Weg mit großen Summen unterstützt, während sie in den Augen der Welt als Verschwenderinnen dastanden. Aber erzählen Sie herum, was Sie herumerzählen wollen, es spielt für den Bund keine Rolle mehr. Schließlich lösen wir ihn gerade auf.«

»Wirklich?«, fragte Constanze. »Das verstehe ich nicht. Aufgaben gibt es für den Bund genug. Sehen Sie sich doch mal um!«

»Das stimmt«, sagte Wieb. »Aber wir haben nichts mehr, um Frauen, die das brauchen können, zu unterstützen. Auch Katharina van Ovens hat nichts mehr. Wir werden Eiderstedt verlassen und schauen, wohin es uns verschlägt.«

»Und was hatten Sie mit dem Bund zu tun, Enna?«, fragte Constanze.

Die Gläser waren wieder leer, und Marten kam gerade mit der nächsten Flasche.

»Herr Roß hat übrigens einen ausgezeichneten Weinkeller«, sagte Storm und hob sein leeres Glas Marten entgegen.

»Pscht, Theodor«, flüsterte Constanze ihm zu.

Enna erzählte, wie Wieb ihr auf ihrer Reise geholfen und sie beraten habe. Dass die Plakette in ihrem Körbchen ein Symbol des Bundes gewesen sei, erfuhr sie von Wieb, und auch die Geschichte der van Ovens.

»Einmal, unterwegs, habe ich dann geträumt. Von der alten Ovens. Meiner Großmutter, vielleicht, ich weiß es doch auch nicht.«

Constanze sah sie mitleidig an. »Was haben Sie geträumt?«

»Ich war wieder in Rendsburg, in der Küche der ›Krone‹, und sollte für die Gäste kochen. Plötzlich geht die Tür auf, und die alte Ovens kommt rein. Irgendwie weiß ich, dass sie gestorben ist, obwohl, das ist sie ja noch gar nicht, aber trotzdem, im Traum schon. Jedenfalls: Sie trägt eine bunte Nachtjacke und einen weißen wollenen Unterrock und geht auf den kleinen, in die Wand gemauerten Ofen zu und streichelt seine Messingknöpfe. Dann dreht sie den Kopf zu mir und sagt: ›Ach, mein Kind, darf ich mich wohl ein bisschen wärmen? Mich friert so sehr!‹ Wie sie, so leise vor sich hin seufzend, noch eine Weile stehen bleibt, bemerke ich, dass unten der Saum ihres Wollrocks angebrannt ist.«

»Huh«, sagte Constanze.

»Und dass sie nackte Füße hat mit großen Brandwunden.«

»Wieb hat Ihnen also geholfen, Herrn Storm zu entwischen, als der auf dem Staatshof nach Ihnen gesucht hat«, sagte Brinkmann. »Und wie ging es dann weiter?«

Es sei Wiebs Plan gewesen, dass sich Enna auf dem Marnehof als Diebin hatte einsperren lassen, um das Versteck im

Keller zu leeren – nur das Kupferrohr musste sie zurücklassen, die Dokumente, die darin gewesen waren, konnte sie gefaltet am Körper mitnehmen.

»Wie sind Sie überhaupt aus dem Gefängnis entkommen?«, fragte Brinkmann.

»Wenn Sie die Grube ein bisschen genauer untersucht hätten, wäre Ihnen ein Gang aufgefallen, der von dort aus ins Freie führt. Er ist von innen verschlossen, deshalb musste ich mich ins Verlies werfen lassen. Wieb hat mir vorher alles erklärt und mich draußen erwartet.«

»Warum haben Sie Herrn Storm rufen lassen?«

»Das habe ich doch gar nicht«, sagte Enna verblüfft.

»Und der Riegel, der plötzlich hinter uns ins Schloss fiel?«

»Davon weiß ich nichts.«

»Was war denn in dem Kupferrohr?«

»Das müssen Sie nicht wissen, Herr Brinkmann«, sagte Wieb. »Wir leeren alle Depots und nehmen mit, was uns wichtig ist. Hier auf dem Staatshof ist das letzte, dann werden Sie uns nicht mehr sehen. Haben wir Sie nun davon überzeugt, dass Sie Ihr Versprechen halten können und uns gehen lassen? Es wäre wichtig, wenn das Husumer Amt uns keine Steine in den Weg legen würde. Wenigstens nicht, bis wir unser Schiff bestiegen haben, Enna, Hinrich, Marten und ich.«

Brinkmann nahm einen tiefen Schluck aus seinem Weinglas.

»Ob Sie mich überzeugt haben? Natürlich nicht. In den letzten Tagen sind fünf Menschen ums Leben gekommen, davon zwei in Ihren sogenannten Depots, wenn ich den

Kirchturm von Westerhever dazuzählen kann. Das kann ich doch, oder?«

Wieb nickte.

»Gut. Einer der Toten, ein gewisser Simon, hatte seine Frau halb totgeschlagen und gequält. Gehören eigentlich auch Morde zu den Praktiken Ihres traditionsreichen Bundes?«

»Nein, natürlich nicht«, sagte Wieb. »Allerdings kann ich jede Frau verstehen, die sich in Notwehr jemanden vom Hals schafft, der sie verletzen will.«

»Vom Hals schafft, nun ja. Und Thorbjörn, der Knecht auf der Marnewarft?«

»Davon weiß ich nichts.«

»Enna, wie steht es mit dem Wirt Claas Detlevsen? Auch er wurde ermordet, direkt nachdem Sie bei ihm übernachtet haben.«

»Ich habe davon gehört. Aber soweit ich weiß, ist er erst gestorben, nachdem wir abgereist sind.«

»Das ist richtig«, sagte Brinkmann. »Und mit dem Scheunenbrand in Koldenbüttel haben Sie auch nichts zu tun?«

»Nein, ganz gewiss nicht.«

Marten kam mit einer neuen Flasche. Wieder ein anderer Wein, besser als alles, was ich bisher getrunken hatte, aber ich fragte mich doch, ob Marten und Wieb die Großzügigkeit des Gutsherrn nicht etwas zu weit auslegten.

»All das hat angefangen, als Sie beide, Enna und Hinrich, bei uns erschienen sind. Und jetzt tischen Sie, Wieb, uns diese abenteuerliche Geschichte auf, deren Beweise mich, offen gestanden, nicht sonderlich beeindrucken, damit wir zwei Personen ziehen lassen, die in fünf Mordfälle zumindest verstrickt sind. Und auch über Ihre Rolle dabei bin ich mir nicht im Klaren.«

»Das ist schade.« Über Wiebs Gesicht zog ein Schatten. »Wie kann ich Ihre Zweifel zerstreuen?«

»Erzählen Sie mir noch etwas mehr über diesen Bund«, sagte Storm. »Katharina van Ovens verwaltet das restliche Vermögen, oder?«

»Das hat sie«, sagte Wieb, »bis zum Tod ihrer ersten Schwiegertochter. Das und die folgenden Unglücksfälle haben sie völlig aus der Bahn geworfen. Wir haben aufgeteilt, was ihrer Familie gehört und was dem Bund, und haben uns getrennt.«

»Ich verstehe«, sagte Storm. »Der zweite Sohn, Christian, wollte sich damit nicht abfinden und hat hier auf dem Staatshof betrunken nach dem Vermögen des Bundes gesucht. Er hat aber nichts gefunden, ja?«

»Das stimmt«, sagte Wieb traurig. »Der arme Mensch.«

»Und wenn wir Sie jetzt gehen lassen: Wer garantiert, dass Sie, mit Verlaub, nichts mit sich nehmen, was Ihnen nicht gehört? Dass die Vermögensteilung zwischen dem Bund und den van Ovens rechtmäßig und zu aller Zufriedenheit erfolgt ist?«

»Wer? Oh, das ist einfach. Fragen Sie Ihren Vater, der hat die Verträge damals aufgesetzt und später die Aufteilung überwacht.«

Storm fiel sichtbar aus allen Wolken, und Constanze kicherte vergnügt.

»Und wenn Sie mir nicht glauben, lesen Sie es nach. Enna?«

Es war klar, wer in diesem Geheimbund das Sagen hatte. Enna stand sofort auf und holte aus der Schublade ein weiteres Dokument, das sie Wieb übergab.

»Von meinem Vater, ja«, sagte Storm, nachdem er es überflogen hatte. »Er wusste das alles! Er hätte es mir ja erzählen können. Spätestens als ich ihn nach Frau van Ovens gefragt habe.«

»Nun erzähle ich es Ihnen ja«, sagte Wieb versöhnlich. Und zu Brinkmann: »Lassen Sie uns also gehen, Herr Amtshaussekretär?«

»Was meinst du, Theodor?«, fragte Brinkmann.

Marten kam schon wieder mit einer neuen Flasche, während Storm überlegte. Dieser Wein war goldfarben und schwer, und nach dem ersten Schluck wusste ich, dass ich danach an diesem Abend keinen anderen mehr trinken würde.

Storm nippte an seinem Glas. Dann trank er einen größeren Schluck.

»Sie wissen schon, dass Ihre Geschichte viele Fragen offenlässt, oder?«, sagte Storm zu Wieb. »Wahrscheinlich mehr, als Sie heute Abend beantworten können und wollen. Dass Sie noch bleiben und uns in den nächsten Tagen alles erzählen, ist nicht möglich?«

»Nein.«

»Und wenn wir Sie nicht gehen lassen?«

»Zwingen Sie mich bitte nicht.«

»Wozu?«

Wieb schwieg.

»Etwas anderes«, versuchte es Storm wieder. »Was soll eigentlich mit Ihren Papieren geschehen, den Aufzeichnungen des Bundes?«

»Wir nehmen sie erstmal mit. Dann überlegen wir, wo sie am Ende aufbewahrt werden sollen. Schließlich gibt es den Bund nicht mehr und uns eines Tages auch nicht.«

»Würden Sie mir die Papiere überlassen?«, fragte Storm. »Es würde uns dann etwas leichter fallen, Ihre Geschichte zu glauben.«

Wieb dachte einen Moment nach. »Sie würden uns gehen lassen?«

Storm schaute zu Brinkmann. Brinkmann starrte sein Glas an.

»Ja«, sagte Storm.

Wieb hob ihr Glas. »Dann trinken wir auf einen friedlichen letzten Abend auf dem Staatshof.« Sie lächelte. »In der Schublade finden Sie einen Teil der Dokumente: Viele haben wir vernichtet, die wichtigsten sind dort und im letzten Depot. Dort haben wir verwahrt, was von dem Vermögen geblieben ist. Es reicht für das neue Leben, das wir führen wollen.«

»Das Depot, das Christian gesucht hatte?«, fragte Constanze. Ihre Wangen leuchteten rot im Kerzenschein. Auch sie mochte die Weine des Pferdezüchters.

»Genau das«, sagte Wieb vergnügt. »Er hat es an der völlig falschen Stelle gesucht. Kommen Sie mit, ich zeige es Ihnen. Nimmst du die Schaufel, Marten?«

Die Nacht war kühl, trotz des vergangenen sonnigen Tages.

Wir traten vor das Haus und nahmen den gewundenen Weg durch den Garten. Wieb ging mit Storm voran, sie besprachen leise irgendetwas miteinander. Wir anderen folgten mit insgesamt drei Stablaternen. Hinrich hatte sein Bündel dabei, als ob er es nicht erwarten könne, mit seinen Freunden sofort aufzubrechen, sobald das Depot geöffnet worden war. Er fröstelte und hatte seine seltsame abgetragene Jacke fest um den Körper geschlungen.

Wir kamen zu dem Pavillon, der über der Gracht stand. Im Schilf säuselte es, das Wasser war glänzend schwarz. An das Haus waren an den vorderen Ecken mehrere Leinensäcke gelehnt.

»Da wären wir«, sagte Wieb. Sie zeigte auf eine Stelle in der Böschung. »Das letzte Mal haben wir dieses Depot vor über zwanzig Jahren geöffnet, als wir noch alle zusammen waren. Halten Sie bitte Abstand, wenn Marten jetzt dort danach gräbt. Nach dem Schnee und dem Regen ist der Hang rutschig, und der Graben ist tief.«

Wir bildeten einen Kreis um Marten, der den Spaten vorsichtig immer tiefer in die Erde versenkte und dabei offenbar auf Steine und Wurzeln stieß.

Plötzlich hörten wir in unserem Rücken einen Knall.

Die Nacht war schlagartig eine andere. Irgendwo hörten wir ein hastiges Flügelschlagen, ein Ochse brüllte, und als wir uns umdrehten, sahen wir Hinrich in einigem Abstand. Vor uns standen die Lampen, er selbst war im Halbdunkel. Und er legte mit einer Pistole auf uns an. In der anderen Hand hielt er eine zweite.

»Hinrich!«, schrie Enna und schlug sich mit der Hand auf den Mund.

»Bleib stehen, Enna. Ihr anderen auch. Wer näher kommt, den erschieße ich.«

»Was soll das?«, sagte Brinkmann ärgerlich und ging auf Hinrich zu. Der hob die Pistole und wirkte so entschlossen, dass Brinkmann stehen blieb.

»Sie sollten mich nicht reizen.« Das war ein anderer Hinrich als der, den wir kannten.

»Hinrich«, sagte Storm. »Was soll das denn?«

»Das gilt auch für Sie.«

»Sie können uns nicht alle erschießen«, sagte Storm ärgerlich.

»Nicht alle, aber zwei von Ihnen. Wer möchte der Erste sein?«

Er drehte die Pistole im Halbkreis hin und her. Es war lächerlich, aber es wirkte. Wir gingen alle langsam einen Schritt zurück, auf den Pavillon zu.

Marten hatte den Spaten sinken lassen, starr vor Entsetzen über das Bild, das der entschlossene Hinrich abgab.

»Weitergraben«, sagte Hinrich nur. »Und ihr anderen in den Pavillon.«

»Der ist morsch«, sagte Wieb, auch sie wie erstarrt.

»Dann müsst ihr aufpassen«, sagte Hinrich. »Los!«

Vorsichtig betrat Constanze den Pavillon, Enna folgte ihr. Sie verteilten sich in einigem Abstand an den Wänden. Ich betrat den Raum hinter Wieb. Ich spürte, wie die Dielen unter meinen Füßen leicht nachgaben, aber alles erschien mir doch stabiler, als ich es erwartet hatte. Als Letzte kamen Storm und Brinkmann.

»Hinrich«, sagte Storm mit bemüht gefasster Stimme, »was soll denn das geben? Sie kommen doch nicht weit!«

»Woher wollen Sie das wissen, Herr Advocat, in Ihrem warmen Büro mit Ihrem Schreiber und Ihrer Braut? He, Vorsicht!«, schrie er plötzlich, weil Marten mit dem Spaten näher kommen wollte. »Mach das noch einmal, und ich schieß dich tot!«

Er war fast besinnungslos vor Zorn. Und auf einmal passte alles zusammen: Hinrich, der Enna verließ, um angeblich mit einflussreichen Menschen zu sprechen und in Wirklichkeit sein eigenes Spiel spielte; Hinrich, der Detlevsen erdrosselte, weil der die Dokumente gestohlen hatte, mit denen Hinrich die alte van Ovens erpressen wollte, und der so wütend auf Storm war, dass er die Zuneigung des Angorakaters ausnutzte, ihn grausam verstümmelte und aus Rache die Katzenpfote in Storms Bett legte. Und Hinrich, der mich so beiläufig ausgefragt hatte, ob ich ein Kind hätte. Als ich mich jetzt daran erinnerte, hörte ich für einen Moment das Blut durch meinen Kopf rauschen, und ich musste mich an der Wand festhalten.

»Weitergraben!«

»Hinrich«, sagte Enna sanft.

»Enna«, äffte er sie böse nach. »Bleib schön, wo du bist. Ihr alle! Vor euch liegen drei Säcke mit Schwarzpulver. Ein einziger Schuss hinein, und der Pavillon geht in die Luft. Verstanden?«

»Schwarzpulver. O Gott!«

Auch Enna war nicht mehr die resolute Frau, die in Storms Kontor gestürmt war. Sie hatte Angst. Und ich war mir sicher, dass sie, umgeben von Schwarzpulver, sich mehr um Hinrich sorgte als um sich selbst.

»Danach kämen Sie erst recht nicht weit«, sagte Brinkmann. »Ich denke, wir können uns noch einigen. Wir haben alle viel getrunken, und noch haben Sie nichts getan, wofür wir Sie festnehmen müssten. Das hier …« Er zeigte auf den Pavillon, der inzwischen bedenklich ächzte. »… kann man zur Not als einen derben Spaß sehen, der ein bisschen aus dem Ruder gelaufen ist, nicht wahr, Theodor?«

Das war so schrecklich hilflos, und Storm tat ihm den Gefallen, nicht darauf einzugehen.

Hinrich nicht.

»Aus dem Ruder gelaufen ist gut«, rief er. »Alles hat geklappt, bis heute Abend. Und es wird weiter so laufen. Ihr dadrin, ihr rührt euch nicht. Und du gräbst schön weiter.«

Während er sprach, bewegte sich der Pavillon immer mehr. Wir mussten hier raus, möglichst schnell, wenn wir nicht alle durch die morschen Dielen brechen sollten ins wer weiß wie tiefe Wasser. Klar denken konnte ich nicht, und ich hoffte auf Storm. Er stand am nächsten zur Tür, vielleicht konnte er etwas unternehmen.

»Hinrich, ich verstehe dich nicht«. Enna. Tatsächlich, sie weinte. »Warum machst du das? Warum deine Freunde, Simon und Thorbjörn?«

»Lass mich in Frieden«, sagte Hinrich böse.

»Ich bin auf etwas gestoßen«, sagte Marten.

»Hol es raus und dann weg da!« Jetzt teilte Hinrich seine Aufmerksamkeit zwischen uns und Marten.

In diesem Moment sprang von hinten etwas auf ihn zu, ein kleiner Mensch in einem Umhang, auf dem Kopf ein Tuch, und verkrallte sich in Hinrichs Nacken. Hinrich schrie auf, mehr zornig als vor Schmerz, und versuchte, die Pistolen festzuhalten. Eine ging los.

Dass alle gleichzeitig über die brüchigen Bohlen liefen, hielt der Pavillonboden nur mit Mühe aus. Storm und Brinkmann warfen sich auf Hinrich und hielten ihn fest. Sein Angreifer aus dem Nichts ließ sich von seinem Rücken gleiten. Im Schein der Stablaternen sahen wir der alten Säuferin aus Friedrichstadt in die Augen.

Wieb lief auf sie zu und nahm sie in die Arme. Sie murmelte ihr etwas ins Ohr, was wir nicht verstehen konnten, und die Säuferin nickte. Dann machte sie sich los, ging aufrecht an uns vorbei und kletterte vorsichtig die Böschung hinab zum Wasser.

»Ist jemand verletzt?«, fragte Wieb. Offenbar hatte die Kugel aus Hinrichs Pistole niemanden getroffen.

Marten war auf dem Weg ins Haus, um seinen Strick zu holen, und Storm, Brinkmann und ich mussten mit aller Kraft den wütenden Hinrich bändigen, der wüste Flüche durch die Nacht schrie und drohte, uns alle umzubringen.

Enna saß zusammengesunken neben dem Pavillon und weinte still. Dass sie mit dem Rücken an einem Sack Pulver lehnte, schien sie gar nicht zu merken.

»Nicht weinen«, sagte eine junge Frau mit tropfnassem Gesicht, die ihr die Hand auf die Schulter legte.

»Du?«, sagte Enna. Dann sah sie an der Frau herunter. »Du warst das eben, oder? Wie hast du das gemacht?«

Die andere antwortete mit genuschelter Greisinnenstimme: »Schminke, Kleidung, die Zähne schwärzen. Und so reden wie jetzt.«

»Ich wünschte, du wärest wirklich meine Cousine«, sagte Enna. Sie nahm die Hand, die Anna Lena ihr entgegenstreckte, und stand auf.

»Das wünschte ich auch«, sagte Anna Lena.

»Du warst immer so … so …«

»Brav? Das habe ich rasch begriffen, als meine Großmutter mir eines Tages sagte, dass mein Vater tot sei und ich jetzt immer bei ihr bleiben würde: dass ich so am besten mit ihr zurechtkäme.«

»Das hat dir nicht gereicht, oder?«

»Nein. Ich habe manchmal gedacht, ich platze. Dann habe ich, als kleines Mädchen noch, eine Frau kennengelernt, im schäbigen Teil von Friedrichstadt, da, wo die vornehme Frau van Ovens nie verkehren würde, obwohl ihr ganzer Besitz auf tönernen Füßen stand. Ich glaube, auf ihre Art hat mich meine Großmutter sogar geliebt. Aber bei der anderen Frau habe ich mich wohlgefühlt. Sie hat mir beigebracht, mich zu verkleiden, mit dem ganzen Körper, mit der Stimme, mit dem Gang eine andere zu sein. Und damit alle zu täuschen, sogar Großmutter.«

Marten kam mit dem Seil zurück. Wir banden Hinrichs

Hände zusammen und dann seine Füße, so dass er sich kaum noch bewegen konnte. Als er nicht aufhören wollte, uns zu beschimpfen, machten wir einen Knebel aus Anna Lenas Kopftuch für ihn.

»Erzählen Sie mir später, wie es zu dieser Maskerade kam«, sagte Storm, und Anna Lena versprach es.

Marten rückte die drei Lampen zusammen. Er holte eine Metallkiste aus der Erde, auf ihr ein Medaillon, das wir kannten, das Zeichen des Bundes. Die Kiste war mit zwei einfachen Riegeln verschlossen. Wieb öffnete sie und fand alles wie erwartet: eine Handvoll Dokumente, die Storm an sich nahm, und fünf Säckchen mit schweren Goldstücken, die Wieb wieder in der Kiste verstaute.

»Wir sollten das Loch wieder zuschütten, sagte Marten. Er lief zurück zur Böschung, und Anna Lena fing an, von ihren Verkleidungen zu erzählen und wie sie sich hier auf dem Hof mit Wieb angefreundet hatte. Eine Zeit lang habe der Bund der Vierzehn zwei Mitglieder gehabt, seit kurzem drei: Wieb, Anna Lena und Enna. Lustig, wenn zwei davon wirklich Cousinen wären.

Plötzlich kam Marten zurück. Leichenblass.

»Ist was?«, fragte Wieb. »Bist du fertig?«

»Da war noch was in der Grube. Hinter der Kiste, ich hab es nur zufällig gefunden«, sagte Marten.

Auf seinen Händen lagen ein paar Knochen und der winzige Totenschädel eines Menschen.

Außer Hinrichs gedämpftem Gebrüll in den Knebel hinein war es vollständig still. Es war klar, was das zu bedeuten hatte.

Uns allen kamen die Tränen. Es war schlimm und ungerecht, was hier geschehen war, und ich stellte mir vor, wie die alte Katharina van Ovens es erfahren würde, außer Anna Lena die einzige lebende Verwandte. Auch Wieb und Marten liefen die Tränen die Wangen hinunter.

Endlich stand Anna Lena auf.

»Ich muss etwas erklären«, sagte sie. »Er war es nicht, Hinrich hat Thorbjörn nicht umgebracht und auch nicht Simon. Ich war heimlich auf dem Marnehof an jenem Tag. Ich wollte auf Enna aufpassen, weil ich nicht wusste, dass sie schon wieder geflohen war, und Thorbjörn erwischte mich. Er entdeckte, wer unter der Verkleidung steckte, und wollte mit meiner Großmutter sprechen, wenn ich nicht mit ihm in den Keller ginge. Er war so widerlich, und als er dann sagte, dass wir das ab jetzt öfter machen würden, wusste ich nicht, was ich sonst hätte tun sollen. Jedenfalls hat er das nicht überlebt.«

»Es tut mir so leid!«

»Es ist gut, Enna. Und dann war da noch Simon in Westerhever. Oh, er war so stolz auf die Angst, die er der hilflosen Frau einjagte, der Frau, die vor ihm bebte und die er ohne Bedauern umbringen würde, sobald er bekommen hätte, was er suchte. Nichts war leichter, als ihm das Messer zwischen die Schultern zu rammen, als er vor dem Versteck kniete, das ich ihm gezeigt hatte. Der große Mann, den ich kurz zuvor unter Tränen angefleht hatte, mir bitte nichts zu tun. Nein, das war nicht Hinrichs Schuld. Es tut mir leid.«

Und dann kam etwas, was zu den schlimmsten Erinnerungen meines Lebens gehört. Plötzlich stand Anna Lena auf und lief leichtfüßig auf den Pavillon zu. Bevor jemand sie hindern konnte, ging sie hinein, langsam auf die Mitte des morschen Bodens zu.

Noch einen Augenblick sah ich ihr Gesicht, vom Mondlicht beleuchtet, dann aber geschah etwas und ging so schnell vorüber, dass ich es kaum registrieren konnte. Ein Brett des Fußbodens schlug in die Höhe, ich hörte einen Schrei, meinen eigenen, und dann das Rauschen in der Gracht.

»Hilfe«, schrie ich. »Anna Lena!« Ich zeigte ins Wasser. Brinkmann, der am nächsten an der Böschung war, sprang in die Gracht und ließ sich mit der Strömung treiben, Storm folgte ihm. Die alte Wieb saß nur da, die Hände vors Gesicht geschlagen, und Enna schluchzte herzzerreißend. Wir fanden sie nicht.

Zwanzig

»Über die Heide wallet mein Schritt;
Dumpf aus der Erde wandert es mit.«

Theodor Storm, »Über die Heide«

Als wir wieder in Husum waren, nahm sich Storm noch einmal die Papiere vor, die wir in Clausens Schreibpult gefunden hatten. Er verbrachte Tage mit ihnen, seufzte und nannte, was er las, belangloses Zeugs, das uns überhaupt nicht weiterhelfe. Währenddessen vernahm Kaup Hinrich ohne Zeugen. Später erzählte er uns, dass Hinrich alles zugegeben habe, was man ihm zur Last legte.

Seine Geschichte ging so: Clausen hatte er noch als Soldat kennengelernt, als sie beide als Freischärler in den napoleonischen Kriegen gekämpft hatten. Sie waren auch nach den Kriegen befreundet, und irgendwann habe ihm Clausen in einer durchzechten Nacht seine Geschichte erzählt: Wie er sich in eine unglücklich verheiratete Frau verliebt habe, die eines Tages ermordet worden sei. Das Kind habe eigentlich auch sterben sollen, sei aber gerettet und vor den Mördern versteckt worden. Er, Clausen, habe es übernommen, für das Kind zu sorgen, das eigentlich, wenn es mit rechten Dingen zuginge, ein riesiges Vermögen erben sollte. Um das Kind zu schützen, versteckte er es bei einem Handwerkerehepaar, und jedes Jahr brachte er eine ordentliche Summe vorbei, die er sich vom Mund abgespart hatte.

Hinrich horchte Clausen in den folgenden Monaten aus, und Clausen war froh, mit jemandem über Enna sprechen zu können, dem er vertraute. Hinrich machte sich an Enna heran, und als sie ihm die Geschichte erzählte, die ihre Mutter ihr auf dem Totenbett verraten hatte, brachte er sie dazu, ihre Ansprüche anzumelden. Heimlich wollte er mit Katharina van Ovens verhandeln und sich dafür bezahlen lassen, Enna dazu zu bringen, die Sache wieder fallenzulassen.

Nur hatte Katharina van Ovens kein Geld.

Inzwischen hatte Wieb Enna unter ihren Schutz genommen und ihr von dem Bund der Vierzehn erzählt. Auch von den Depots und der bevorstehenden Räumung hatte Enna erfahren und dadurch auch Hinrich. Er tat sich mit Simon zusammen und fälschte den angeblichen Brief Ennas, der Storm veranlassen sollte, Enna auf dem Marnehof abzuholen, damit er mit Simon ungestört das Depot räumen könnte.

Und dann waren wir ihnen in die Quere gekommen.

Als der Bürgermeister später Katharina van Ovens in seinem Amtszimmer verhörte, sollten Storm und ich dabei sein, auf ausdrücklichen Wunsch der alten Frau, sagte Kaup. Mir war das nicht recht, nicht nach dem Fund des kleinen Skeletts und nicht nach Anna Lenas Verschwinden in der Gracht, aber Storm sagte, wahrscheinlich habe Katharina van Ovens einen Grund für ihren Wunsch, und nach allem, was war, seien wir ihr das wahrscheinlich schuldig.

Es war April geworden, der Schlosspark holte mit aller Macht nach, was er im März versäumt hatte. Wir liefen unseren Weg zum Kavalierhaus bei strahlender Sonne. Ich nahm mir vor, bei nächster Gelegenheit mit Marie nach den Dohlen im Schloss zu sehen, sobald der Fall van Ovens abgeschlossen war.

»Achten Sie auf Tostensen«, sagte Storm, »Sie werden ihr blaues Wunder erleben.« Kaups Wächter empfing uns freundlich, geradezu überschwänglich und sagte, der Herr Bürgermeister freue sich schon auf uns. »Empfehlen Sie mich Ihrem Herrn Vater«, rief er Storm noch hinterher.

Auf den Treppenstufen flüsterte mir Storm »Lina« zu. Offenbar hatte der Frühling auch Gewalt über Tostensens phlegmatisches Herz.

Frau van Ovens saß schon in Kaups Zimmer. Der Geruch nach Melissengeist umgab sie stärker als je zuvor, und ich war dankbar für Kaups Tee.

Kaup begrüßte uns und meinte, dass die Erklärung, die Frau van Ovens abgeben wolle, ausdrücklich auch für unsere Ohren bestimmt sei. Daher sei er froh über unsere Anwesenheit und Frau van Ovens natürlich auch.

Sie sah alles andere als froh aus. Seit unserem letzten Treffen, das noch nicht lange zurücklag, wirkte sie stark gealtert, noch magerer und geradezu zusammengesunken. Von der herrischen Person, die ich nachts vor diesem Haus zum ersten Mal gesehen hatte, war nichts mehr übrig. Sie tat mir leid.

»Dass ich zwei Enkelinnen zu beklagen habe, wissen Sie«,

sagte sie. Ihre Stimme war tonlos, sie sprach wie in die Luft. »Sie beide wissen inzwischen so viel über den Bund der Vierzehn, dass Sie auch wissen sollen, wie es mit ihm zu Ende gegangen ist.«

»Das Schisma, wir wissen davon, Sie brauchen nicht …«, begann Storm, aber die alte Frau schaute ihn in einer Weise an, dass er sofort verstummte. Vielleicht errötete er sogar ein wenig.

»Das Schisma, wenn Sie es so nennen wollen. Wissen Sie, ich war viele Jahre lang die Meisterin unseres Bundes. Das, was heute Wieb ist, nur dass wir damals viel mehr Mitgleider und viel mehr Mittel hatten. Sie wissen, dass wir seit Jahrhunderten Partei für gequälte Frauen nahmen. Das gelang uns gut, wir haben vielen geholfen und viel Unrecht verhindert oder wenigstens gesühnt. In unserem kleinen Wirkungskreis, meist in Eiderstedt, überlegten sich gewisse Männer zweimal, wie sie mit ihren Frauen und Töchtern umgingen, weil sie wussten, dass sie es danach schwer mit uns haben würden. Dann kam der Tag, an dem mein Sohn Leonard entdeckte, dass seine Frau einen anderen Mann liebte. Sie wissen, wer das war. Und ich konnte sie sogar verstehen. Sie haben Clausen nicht gekannt, wie er früher war. Frauen gegenüber war er rücksichtsvoll und aufmerksam, und wo mein Sohn gewohnt war, sie als sein Eigentum anzusehen, behandelte Clausen meine Schwiegertochter mit Respekt und voller Interesse. Es gab schreckliche Szenen zwischen Leonard und seiner Frau, und eines Tages kam er zitternd zu mir und meinte, etwas Furchtbares sei geschehen. Er hatte seine Frau umgebracht und das Kind, das er für Clausens hielt, dazu.«

»Das tut …«

»Unterbrechen Sie mich nicht. Sonst wird es noch schwerer. Also: Jahrhundertelang ist unser Bund in solchen Fällen eingeschritten. Wir haben Heerscharen von Juristen bezahlt, um solche Männer zur Strecke zu bringen, bisweilen auch finstere Gestalten, um Gleiches mit Gleichem zu vergelten. Und ich nutzte unsere Kontakte, um meinen Sohn zu schützen und seine entsetzliche Tat zu verbergen. Das Kind ließ ich heimlich bestatten, sein Grab haben Sie ja gefunden. Und Clausen, der ahnte, wer der Schuldige war, habe ich ein Kind untergeschoben, das aus dem Waisenhaus von Altona stammte und dort nicht vermisst wurde. Ich erfand im Namen unserer Bundes – ein schwerer Fehler! – die Geschichte einer obskuren Bedrohung und ließ ihn das Kind bei einer Pflegefamilie weit weg unterbringen. Dass dieser Narr ein Schreiben über ihre angebliche Herkunft aufsetzte und dass er sogar unser Medaillon nachmachen ließ und dem Kind mitgab, konnte ich nicht wissen.«

»Und Leonard?«

»Leonard. Den Kampf habe ich verloren. So viele Gespräche hinter verschlossenen Türen, so viele Männertränen, so viel Reue und so viel ekelhaftes Selbstmitleid. Immer diese Drohung, ich nehme mir einen Strick, und ich habe immer dagegen angeredet. Dann, eines Tages, konnte ich nicht mehr. Ich war müde. Ich habe ihn gehen lassen. Und er ist gegangen. Seit diesem Tag ist nichts mehr, wie es war.«

»Es war Ihnen vieles egal, oder? Sie hätten sich um Lina kümmern müssen, die von Ihrem Simon entsetzlich behandelt wurde. Und Sie haben getan, als sähen Sie nichts.«

Zum ersten Mal zitterte die Stimme der alten Frau. »Sie haben recht. Und ich hätte ihren Vater anhören sollen, als er von Kiel zu uns kam, um nach ihr zu sehen. Simon hat dann … Ich verstehe das nicht, in Koldenbüttel …«

»Und Clausen? Warum musste er sterben?«

»Was glauben Sie?«

Die Alte hatte sich wieder gefasst und schaute ihn mit ihren Rabenaugen direkt an. War das eine Probe?

»Ich glaube … Herr Söt hat Clausen beobachtet, der in Husum seinen alten Freund Hinrich und die junge Frau gesehen hat, um die er sich seit Jahren kümmerte. Er hat den Verdacht, dass sie Ansprüche anmeldet und sich dadurch in Gefahr bringt.«

»Gut.«

»Er weiß sich keinen anderen Rat, als sich meinem Vater zu offenbaren, von dem er weiß, dass er Sie in juristischen und finanziellen Angelegenheiten berät.«

»Richtig geraten.«

»Vorher stellt er aber Hinrich zur Rede. Er trifft ihn allein in Detlevsens Kaschemme.«

»Wieder richtig. Wenn Hinrich mir die Wahrheit gesagt hat.«

»Das ist vielleicht auch der wahre Grund für Detlevsens Ermordung. Vielleicht hat er die beiden zusammen gesehen, und Hinrichsen fürchtete, dass der schwatzhafte Wirt das bei einer Befragung ausplaudern könnte. Schließlich hat Herr Söt ihn ja tatsächlich aufgesucht.«

»Nun haben Sie ja alles zusammen, Herr Storm. Aber etwas fehlt noch.«

Gedankenverloren öffnete die alte Dame ihre Tasche und nahm ein kleines Fläschchen heraus.

»Sie erlauben?«, sagte sie und zog den Glaskorken ab. »Sie kennen ja meine kleine Schwäche für Melissengeist.« Dann goss sie einen Schluck in ihre Teetasse.

»Was fehlt?«, fragte Bürgermeister Kaup gespannt.

Plötzlich fiel ein tiefer Schatten über Storms Gesicht.

»Bitte. Bitte nicht.«

Er reckte langsam seinen Arm in Richtung der alten Katharina van Ovens, aber die hatte die Teetasse schon in einem Zug ausgetrunken. »Zu spät.«

Es ging rasch, und es muss ungeheuer schmerzhaft gewesen sein. Kaup sprang auf und schrie nach Hitscher, er solle sofort kommen. Storm hielt die Hand der alten Frau. Und sie ließ es zu.

Einundzwanzig

»Mein erstes Gefühl war ein Schauer des Entzückens, ein Gefühl unmittelbarer Nähe der Geliebten: dann aber überkam mich eine unbestimmte Besorgnis.«

Theodor Storm, »Von Jenseit des Meeres«

Sein Vater habe tatsächlich ein schlechtes Gewissen, erzählte Storm an einem Tag im Mai. Er habe zugegeben, dass er möglicherweise gewisse Dinge besser erwähnt hätte, machte Storm ihn nach. Er konnte das gut, sowohl was die Stimme anging als auch die verschrobenen Sätze. Jedenfalls habe ihn der Alte nach einem Wunsch gefragt, und da habe er an dieses Töwerland gedacht, von dem ich in Westerhever erzählt habe. Er habe keine Ahnung, wo das liegen soll, aber der Weg sei dann eben meine Sache. Jedenfalls: Sein Vater zahle die Reise.

Ich hätte mich freuen sollen, aber die Aussicht machte mich nervös, wieder eine lange Zeit Bottilla mit Julie und Marie allein zu lassen.

»Herr Storm …«

»Mit der Familie, Herr Söt. Aber mehr als ein Zimmer bekommen Sie nicht.«

Wir mussten dreimal das Schiff wechseln, um zu den ostfriesischen Inseln zu kommen, und erfuhren unterwegs, dass die Insel, die ich als Töwerland kennengelernt hatte, auf dem Festland Juist hieß. Als wir ankamen, war alles noch wie zwanzig Jahre zuvor. Sogar Wencke fand ich wieder. Bottilla freundete sich mit ihr an und ließ sich peinliche Geschichten von mir als Fünfjährigem erzählen.

Ich ging mit Marie an den Strand.

»Ist er irgendwo so breit wie hier, Marie?«, fragte ich sie. »Sind irgendwo die Wellen so verspielt, die Dünen so geheimnisvoll? Ist irgendwo der Himmel so voller Geborgenheit?«

Kurz darauf fragte ich sie, ob irgendwo der Regen so überraschend käme, als ich mit ihr in unsere Unterkunft rannte.

Nach ein paar Tagen sagte Storm, wir würden einen Ausflug in die Westhälfte der Insel machen, jenseits des Durchbruchs.

Ein flaches Boot setzte uns über. Auf der anderen Seite wartete schon eine Kutsche auf uns. Die Fahrt war endlos, links das Wattenmeer, rechts die Dünen, dahinter war das offene Meer.

Endlich gelangten wir an ein kleines Bauernhaus, das ganz vor den Dünen lag. Drei Frauen kamen uns entgegen. Ich erkannte sie sofort.

»Anna Lena«, rief ich, während mir das Herz bis zum Halse schlug.

Sie strahlte mich an. Dann sagte sie mit Jeskos dünner Greisenstimme: »Ich hab doch gesagt, man sieht sich.«

Ich hatte keinen Grund, ihr zu sagen, was ich in der Nacht auf dem Staatshof wahrgenommen hatte. Während alle die

Gracht hinuntergerannt waren, wo sie Anna Lenas ertrinkenden Körper vermuteten, glaubte ich kurz, zwei kräftige weiße Hände an den Pfählen des Pavillons wahrgenommen zu haben. Als ich genauer hinsehen wollte, waren sie schon wieder weg.

Hier würde sie niemand nach Thorbjörn und Simon fragen.

»Woher wussten Sie das, Herr Storm?«

»Glauben Sie ernsthaft, dass Sie der Einzige sind, der diesen Ort liebt? Wieb hatte mir geschrieben, dass sie hier eine Zuflucht gefunden hat, um darüber nachzudenken, was aus dem Bund und seinen Zielen werden soll. Und ich dachte, dass wir uns das mal ansehen sollten.«

»Und«, fragte ich Wieb, »was wird nun aus dem Bund?«

»Lass uns ins Haus gehen, Peter«, sagte Bottilla, »es sieht nach Regen aus.«

Wir tranken Tee und aßen Rosinenbrot. Und Storm berichtete Enna, was er in Clausens Schreiblade gefunden hatte.

»Ich denke, Sie sollten wissen, was er geschrieben hat«, sagte Storm und reichte ihr einen Brief.

Enna griff danach, überflog ihn und gab ihn enttäuscht zurück.

»Uninteressant? Also ins Feuer damit?«, fragte Storm.

Sie antwortete nicht, und er hielt den Brief über eine Kerze. Plötzlich erschien braune Schrift zwischen der blauen, die schon vorher dagewesen war.

»Ich denke, Sie sollten den Briefen noch mal eine Chance geben«, sagte Storm. »Clausen schreibt in den verborgenen

Stellen über ein kleines Mädchen, das er regelmäßig besucht, ohne mit ihm zu sprechen und sich zu zeigen. Aber er freut sich an allem Guten, was dem Kind passiert. Und freut sich darauf, es eines Tages kennenzulernen. Wenn er sich endlich traut.«

Enna nahm die Briefe an sich und verließ den Raum.

Später, am Strand, sagte Bottilla, dass Marie und sie Julie unendlich dankbar seien. Aber dass sie fänden, dass es in Zukunft auch wieder ohne sie gehe.

»Und mit mir?«, fragte ich und sah angestrengt einer Möwe nach.

»Mit dir.«

Nachwort

Als sich Theodor Storm nach seinem bestandenen Juraexamen in seiner Heimatstadt Husum als Rechtsanwalt niederließ, interessierten ihn Musik und Literatur mindestens ebenso sehr wie die Rechtspflege. Er gründete einen Chor und sammelte, gemeinsam mit dem Studienfreund Theodor Mommsen, Sagen und Geschichten aus Schleswig, Holstein und Lauenburg. Am Ende gab Karl Müllenhoff, der später einer der bekanntesten Germanisten Deutschlands wurde, die Sammlung heraus und teilte jedem der gesammelten Texte eine Nummer zu.

Seine Nummer 36 trägt den Titel »Die Wogenmänner« und erzählt die Geschichte von den Räubern, die sich in Westerhever niedergelassen hatten und die umliegenden Siedlungen tyrannisierten. Darin ist auch von den gewaltsam entführten Bauerntöchtern die Rede, den »schönsten Mädchen« dieser Gegend, und dass sie diese ihren Knechten übergeben hätten. Am Ende heißt es über die Strafjustiz nach der Erstürmung der Burg: »Etliche Frauen versenkten sie ins Wasser; allen Männern aber schlug man die Köpfe ab und warf die Leichen in die See; es waren über sechzig, ohne ihre Frauen. Die Frauen aber, die sie geraubt hatten, standen dabei und sahen, wie ihr Leid gerochen ward.«

Wurde es das? Was ging in den jungen Frauen vor, die monate-, vielleicht jahrelang in der Gewalt der Räuber gewesen waren? Fanden sie ohne Weiteres zurück in das alte soziale Umfeld, und welches Verständnis brachten diejenigen, die sie zuvor gekannt hatten, für die traumatisierten Frauen auf?

Diese Geschichte und die daran geknüpften Fragen sind ein wesentlicher Teil des Hintergrunds meines Romans. Die Sage liefert auch einen der Schauplätze: Einer Überlieferung zufolge wurde in Westerhever am nordwestlichen Ende der Halbinsel Eiderstedt an der Stelle der abgebrochenen Burg das Pastorat gebaut und außerdem der Turm der alten Kirche aus den Steinen des Räubernests. Das ehemalige Pfarrhaus ist seit 1932 in Privatbesitz.

Noch wichtiger für den Text ist Theodor Storms Novelle »Auf dem Staatshof«, die Storm Ende 1857 schrieb. Ihr Erzähler fährt als kleiner Junge mit seinem Vater zusammen auf einen Hof in der Nähe seiner Heimatstadt, die Züge von Friedrichstadt an der Eider trägt. Dieser Hof ist ein alter Haubarg, also in der auf Eiderstedt verbreiteten Bauweise mit einem viereckigen Zentrum und einem hohen Dach errichtet, unter dem Wohnung und Nutzfläche zugleich versammelt sind. Der Hof ist von einem schönen Garten, Feldern und Weiden umgeben, sein innerster Bereich von einem Wassergraben, über dem an einer Stelle ein baufälliger Pavillon steht.

Die Erbin ist das Mädchen Anna Lena, das bei seiner alten

Großmutter in der Stadt lebt und nach deren Tod als Mündel bei den Eltern des Erzählers. Ihr Vermögen ist mit den Jahren immer kleiner geworden, schließlich muss sie auch den Hof verkaufen. Am Ende betritt sie in einer hellen Mondnacht den Pavillon, bricht durch die morschen Dielen und ertrinkt vor den Augen des Erzählers.

Diesen Staatshof gab es wirklich. Storm schildert ihn allerdings in seinem alten Zustand, bevor das Haus 1841 durch den neuen Eigentümer, einen aus Dithmarschen stammenden Pferdezüchter namens Roß, abgerissen wurde. Geblieben ist von dem alten Hof ein Pavillon, der am Rand des Wassergrabens steht und von Storm aus leicht nachvollziehbaren Gründen direkt über das Wasser versetzt wurde. Ich bin ihm dabei gefolgt.

Während der Bund der Vierzehn frei erfunden ist, gehen einige Figuren des Romans auf reale Zeitgenossen Theodor Storms zurück: natürlich sein Vater Johann Casimir Storm, der Schreiber Peter Söt, die Magd Bottilla, Storms Freund Hartmut Brinkmann, der Amtmann Krogh, der Bürgermeister Kaup, der Eiderstedter Propst Feddersen, der sein Engagement für den schleswig-holsteinischen Aufstand gegen Dänemark später mit dem Verlust des Amtes bezahlen musste, und einige andere.

Dankbar benutzt habe ich schriftliche Quellen wie Storms Novelle »Auf dem Staatshof«, herausgegeben und kommentiert von Dieter Lohmeier, Karl Müllenhoffs »Sagen Märchen Lieder der Herzogtümer Schleswig, Holstein und Lauenburg«, das umfassende Handbuch »Eiderstedt« von Albert

Panten, Haik Thomas Porada und Thomas Steensen, J. G. Kohls 1846 erschienene Reisebeschreibung »Die Marschen und Inseln der Herzogthümer Schleswig und Holstein« (bedauerlicherweise musste der eilige Kohl Westerhever auslassen), Friedrich Feddersens »Beschreibung der Landschaft Eiderstedt« von 1853 und Berend Harke Feddersens »Der Miniatur-Porträtist Hans Peter Feddersen der Ältere«. Besonders hilfreich waren zwei Texte zu zentralen Orten des Romans: Ulle Zeilfelders Aufsatz »Der Staatshof« in der Zeitschrift »Der Holznagel« (Ausgabe 3/2021) und die Broschüre »Dorfgeschichte Westerhever« mit detaillierten Beschreibungen einzelner Gebäude, die die Gemeinde Westerhever 2004 herausgegeben hat.

Bei der Arbeit an diesem Roman konnte ich auf die Hilfe vieler Menschen zählen: Christiane Spreckelsen hat ihr umfangreiches Wissen über Pferde mit mir geteilt, Elke Jacobsen und Christian Demandt haben geduldig meine Fragen zu Leben und Werk Theodor Storms beantwortet, Andreas Falkenhagen von der Gemeindebücherei St. Peter-Ording half mir mit Literatur. Thomas Koch von der Buchhandlung Koch auf Juist verdanke ich das Krimistipendium »Tatort Töwerland«, und Inka Extra hat in der Juister »Villa Charlotte« im September 2021 dafür gesorgt, dass ich auf einmal wusste, wo meine Heldinnen ihren Frieden finden.

Christian Demandt, Sabine Frenzel und Joachim Lillig haben das Typoskript gelesen und durch guten Rat erheblich verbessert. Außerdem danke ich Jörg Bong, Matthias Landwehr, meinem Lektor Reinhard Rohn; und ich danke meiner Familie, die auch die Entstehung dieses Buchs geduldig und interessiert begleitet hat.

Frankfurt, im Januar 2023

Ben Kryst Tomasson
Sylter Gier
Kriminalroman
400 Seiten. Broschur
ISBN 978-3-7466-4017-4

Der Tote am Roten Kliff

Mehrere Krankenkassen schlagen Alarm: Auf Sylt scheint ein Netzwerk von Abrechnungsbetrügern am Werk zu sein. Alle Fäden laufen beim Schwangerenzentrum Baby-Well zusammen. Kari darf wegen ihrer Schwangerschaft nicht mehr im Außendienst tätig sein – eigentlich. Nun soll sie sich aber bei Baby-Well ein Bild machen, sehr zum Unmut von Hauptkommissar Jonas Voss, der sich um sein ungeborenes Kind sorgt. Der Fall scheint rasch klar zu sein, bis Karis Hauptverdächtiger tot aufgefunden wird …

Ein Kriminalroman voller schaurig-schönem Inselflair und liebenswerten Figuren